Truismes

Marie Darrieussecq

Truismes

Roman

P.O.L
33, rue Saint-André-des-Arts, Paris 6ᵉ

ISBN : 2-86744-529-9

Puis le couteau s'enfonce. Le valet lui donne deux petites poussées pour lui faire traverser la couenne, après quoi, c'est comme si la longue lame fondait en s'enfonçant jusqu'au manche à travers la graisse du cou.

D'abord le verrat ne se rend compte de rien, il reste allongé quelques secondes à réfléchir un peu. Si ! Il comprend alors qu'on le tue et hurle en cris étouffés jusqu'à ce qu'il n'en puisse plus.

Knut Hamsun

Je sais à quel point cette histoire pourra semer de trouble et d'angoisse, à quel point elle perturbera de gens. Je me doute que l'éditeur qui acceptera de prendre en charge ce manuscrit s'exposera à d'infinis ennuis. La prison ne lui sera sans doute pas épargnée, et je tiens à lui demander tout de suite pardon pour le dérangement. Mais il faut que j'écrive ce livre sans plus tarder, parce que si on me retrouve dans l'état où je suis maintenant, personne ne voudra ni m'écouter ni me croire. Or tenir un stylo me donne de terribles crampes. Je manque aussi de lumière, je suis obligée de m'arrêter quand la nuit tombe, et j'écris très, très lentement. Je ne vous parle pas de la difficulté pour trouver ce cahier, ni de la boue, qui salit tout, qui dilue l'encre à peine sèche. J'espère que l'éditeur qui aura la patience de déchiffrer cette écriture de cochon voudra bien prendre en considération les efforts terribles que je fais pour écrire le plus lisiblement possible. L'action même de me souvenir m'est très difficile. Mais si je me concentre très fort et que j'essaie de remonter aussi loin que je peux, c'est-à-dire juste avant les événements, je parviens à retrouver des images. Il faut avouer que la nouvelle vie que je mène, les repas frugaux dont je me contente, ce logement rustique qui me convient tout à fait, et cette étonnante aptitude à supporter le froid que je découvre à mesure que l'hiver arrive, tout ceci ne me fait pas regretter les aspects les plus pénibles de ma vie d'avant. Je me souviens qu'à cette époque où tout a commencé j'étais au chômage, et que la recherche d'un emploi me plongeait dans des affres que je ne comprends plus maintenant. Je supplie le lecteur, le lecteur chômeur en particulier, de me pardonner ces indécentes paroles. Mais hélas je ne serai pas à une indécence près dans ce livre ; et je prie toutes les personnes qui pourraient s'en trouver choquées de bien vouloir m'en excuser.

Je cherchais donc du travail. Je passais des entretiens. Et ça ne donnait rien. Jusqu'à ce que j'envoie une *candidature spontanée*, les mots me reviennent, à une grande chaîne de parfumerie. Le directeur de la chaîne m'avait prise sur ses genoux et me tripotait le sein droit, et le trouvait visiblement d'une élasticité merveilleuse. A cette époque-là de ma vie les hommes s'étaient tous mis à me trouver d'une élasticité merveilleuse. J'avais pris un peu de poids, peut-être deux kilos, car je m'étais mise à avoir constamment faim ; et ces deux kilos s'étaient harmonieusement répartis sur toute ma personne, je le voyais dans le miroir. Sans aucun sport, sans activité particulière, ma chair était plus ferme, plus lisse, plus rebondie qu'avant. Je vois bien aujourd'hui que cette prise de poids et cette formidable qualité de ma chair ont sans doute été les tout premiers symptômes. Le directeur de la chaîne tenait mon sein droit dans une main, le contrat dans l'autre main. Je sentais mon sein qui palpitait, c'était l'émotion de voir ce contrat si près d'être signé, mais c'était aussi cet aspect, comment dire, *pneumatique* de ma chair. Le directeur de la chaîne me disait que dans la parfumerie, l'essentiel est d'être toujours belle et soignée, et que j'apprécierais sans doute la coupe très étroite des blouses de travail, que cela m'irait très bien. Ses doigts étaient descendus un peu plus bas et déboutonnaient ce qu'il y avait à déboutonner, et pour cela le directeur de la chaîne avait été bien obligé de poser le contrat sur son bureau. Je lisais et relisais le contrat par-dessus son épaule, un mi-temps payé presque la moitié du SMIC, cela allait me permettre de participer au loyer, de m'acheter une robe ou deux ; et dans le contrat il était précisé qu'au moment du déstockage annuel, j'aurais droit à des produits de beauté, les plus grandes marques deviendraient à ma portée, les parfums les plus chers ! Le directeur de la parfumerie m'avait fait mettre à genoux devant lui et pendant que je m'acquittais de ma besogne je songeais à ces produits de beauté, à comme j'allais sentir bon, à comme j'aurais le teint reposé. Sans doute plairais-je encore plus à Honoré. J'avais rencontré Honoré le matin où pour le cinquième printemps consécutif j'avais voulu ressortir du placard mon vieux maillot de bain. C'est là, en l'essayant, que je m'étais aperçue que mes cuisses étaient devenues roses et fermes, musclées et rondes en même temps. Manger me profitait. Alors je m'étais offert un après-midi à l'Aqualand. Il pleuvait dehors mais à l'Aqualand il fait toujours beau et chaud. Aller à l'Aqualand représentait presque un dixième de ma pension d'insertion mensuelle et ma mère n'a pas du tout été d'accord. Elle a même refusé de me donner un ticket de métro et j'ai été obligée, pour franchir la barrière, de me coller contre un monsieur. Il y en a toujours beaucoup qui attendent les jeunes filles aux barrières du métro. J'ai bien senti que je faisais de l'effet au monsieur ; pour tout dire, beaucoup plus d'effet que je n'en faisais d'habitude. Il a fallu, dans les salons de déshabillage de l'Aqualand, que je lave discrètement ma jupe. Il faut toujours faire attention, dans les salons de l'Aqualand, que les interstices des portes soient bien bouchés, et il faut savoir s'éclipser quand le salon est déjà occupé par un couple ; là aussi il y a toujours des messieurs pour attendre devant les portes côté femmes. On peut bien gagner sa vie à l'Aqualand, mais je m'y suis toujours refusée, même dans les moments où ma mère menaçait de me mettre dehors. Dans le salon désert je me suis dépêchée de me déshabiller et d'enfiler mon maillot, et là encore, dans le miroir doré qui donne bonne mine, je me suis trouvée, je suis désolée de le dire, incroyablement belle, comme dans les magazines mais en plus appétissante. Je me suis savonnée avec des échantillons gratuits qui sentaient bon. La porte s'est ouverte mais c'étaient seulement quelques femmes qui entraient, pas d'homme, et nous avons pu jouir d'une certaine paix. Les femmes se déshabillaient en riant. C'était un groupe de musulmanes riches, elles enfilaient pour se baigner des robes luxueuses et très longues, sous la douche leur corps se moulait dans les voiles translucides. Ces femmes m'ont entourée et se sont exclamées que j'étais belle,

13

elles m'ont offert un échantillon de parfum chic et quelques pièces de monnaie. Je me sentais en sécurité avec elles. L'Aqualand est un endroit de détente mais il faut tout de même se méfier. C'est pour cela que lorsque Honoré m'a approchée, dans l'eau, j'ai d'abord fui en nageant vigoureusement le crawl, et c'est peut-être ça qui l'a le plus séduit (à l'époque je nageais très bien). Mais quand ensuite il m'a offert un verre dans le bar tropical, j'ai tout de suite vu que c'était quelqu'un de bien. On dégoulinait, là, tous les deux, dans le bar tropical, on transpirait dans nos maillots mouillés, j'étais toute rouge dans les nombreux miroirs du plafond, un grand nègre nous éventait. On buvait des cocktails très sucrés et très colorés, il y avait de la musique des îles, tout à coup on était très loin. C'était le moment des grosses vagues. Honoré me racontait que pour certaines réceptions privées on introduisait des requins dans la piscine, les requins avaient cinq minutes avant de mourir dans l'eau douce pour croquer les invités trop lents. Cela mettait, paraît-il, une ambiance unique dans les fêtes. Ensuite on se baignait dans l'eau rouge, jusqu'au petit matin. Honoré était professeur dans un grand *College* de banlieue. Les fêtes privées le dégoûtaient. Il n'allait même jamais aux galas de ses étudiants. Moi j'aurais aimé faire des études, lui ai-je dit, et il m'a dit surtout pas, que les étudiants étaient tous pourris et dépravés, que lui venait à l'Aqualand pour rencontrer des jeunes filles saines. Honoré et moi on a sympathisé. Il m'a demandé si j'allais parfois dans les réceptions privées. Je lui ai dit jamais, moi je ne connais personne. Il m'a dit qu'il me présenterait des gens. Au début c'est ça qui m'a attirée, le fait que ce garçon, en plus d'être correct, me proposait des relations, mais en fait Honoré n'avait aucune relation, il n'arrivait pas à s'en faire malgré son travail, et peut-être espérait-il grâce à moi se faire inviter dans des endroits *select*. Honoré m'a acheté une robe en sortant, dans les magasins chic de l'Aqualand, une robe en lazuré transparent que je n'ai jamais mise que pour lui. Dans le salon d'essayage du magasin chic nous avons fait l'amour pour la première fois. Je me voyais dans la glace, je voyais les mains d'Honoré sur mes reins, ses doigts creusaient des sillons élastiques au creux de ma peau. Jamais, haletait Honoré, jamais il n'avait rencontré une jeune fille aussi saine. Les femmes musulmanes étaient entrées à leur tour dans le magasin chic, on les entendait bavarder dans leur langue. Honoré se rhabillait en me regardant, moi j'avais un peu froid toute nue. La dame du magasin proposait du thé à la menthe et des gâteaux. Elle nous en a passé par-dessous la porte du salon d'essayage, elle était discrète et très chic, je me disais que j'aimerais bien avoir un travail dans ce genre. Finalement, à la parfumerie, mon travail n'a guère été différent. Il y avait un salon d'essayage pour chaque parfum, la grande chaîne qui m'employait vendait des parfums en tout genre qu'il fallait essayer sur divers endroits du corps, attendre qu'ils virent bien ou mal, cela prenait du temps. J'installais les clientes sur les grands sofas des salons, je devais leur expliquer que seul un corps détendu révèle toute la palette d'un parfum, j'avais suivi un stage de formation comme masseuse. Je distribuais des Tamestat et des décoctions de duvet de cygne. Ce n'était pas un métier désagréable. Toujours est-il que lorsque les musulmanes sont parties, en laissant pour près de cinq mille euros en *Internet Card*, la vendeuse très chic a vaporisé, sous nos yeux, des parfums aérosols dans tout le magasin. Jamais, ai-je dit à Honoré, jamais je ne me laisserais aller à une telle faute de goût si je tenais un magasin chic. C'est là qu'Honoré m'a dit qu'avec un corps pareil et une mine aussi resplendissante j'obtiendrais tous les magasins chic que je voudrais. Il ne s'est pas trompé, finalement. Mais il ne tenait pas à ce que je travaille. Il disait que le travail corrompait les femmes. Pourtant j'avais été déçue de voir que malgré son métier prestigieux, son salaire ne lui permettait de louer qu'un deux-pièces miteux dans la proche banlieue.

Je m'étais tout de suite dit que par simple honnê-
teté de ma part il fallait que je mette les bouchées
doubles pour l'aider.

C'est à cette époque-là, dès les premiers jours
à la parfumerie, que les clientes se sont mises à me
dire que j'avais un teint magnifique. Je faisais une
excellente publicité à l'établissement. La boutique
s'est mise à marcher du tonnerre, avec moi. Le
directeur de la chaîne me félicitait. Il est vrai que
l'uniforme de travail, une blouse blanche sérieuse
comme dans les cliniques esthétiques, était seyant,
coupé très près du corps, avec un profond décolleté dans le dos et sur les seins. Or c'est à cette
même époque exactement que mes seins ont pris
du galbé comme mes cuisses. C'en était arrivé à
un point où j'avais dû abandonner mes bonnets B,
les armatures me blessaient. Je n'avais pas encore
reçu mon premier salaire, à peine une petite
avance parce qu'à la trésorerie ils avaient une
panne d'ordinateurs, et je ne pouvais pas m'acheter de bonnets C. Mais le directeur me rassurait et
disait qu'à mon âge ça se tenait tout seul, que je
n'avais aucun besoin de soutien-gorge. Et c'est vrai
que ça se tenait remarquablement bien, même
quand je suis passée à la taille D ; mais là j'ai craqué, j'ai acheté un soutien-gorge avec l'argent du
pain que j'avais mis de côté petit à petit. Honoré

m'a posé des questions, il savait que je n'avais pas encore été payée, mais j'ai pris sur moi, je n'ai rien avoué, même si cette petite trahison me tourmente encore. Pauvre Honoré, il ne pouvait pas savoir ce que c'est de courir sans soutien-gorge après un bus avec un tel tour de poitrine. J'avais de plus en plus de clients masculins à la boutique, et ils payaient bien, le directeur de la chaîne passait presque tous les jours pour ramasser l'argent, il était de plus en plus content de moi. Mes massages avaient le plus grand succès, je crois même que le directeur de la chaîne soupçonnait que je m'étais mise de ma propre initiative aux massages spéciaux, alors que normalement on laisse un peu de temps à la vendeuse avant de l'y inciter. Ce qui fait que, grâce à tout cet argent, je n'ai pas risqué de me faire licencier au bout de quelques semaines, le directeur de la chaîne ne m'a poussée à rien, tout s'est passé dans la plus grande discrétion. Le directeur a été chic. Il m'a laissée tranquille un bon moment, il devait penser que j'étais fatiguée par tout ce travail. Moi je n'avais jamais été aussi en forme de ma vie. Et cela n'avait rien à voir avec Honoré. Cela n'avait rien à voir non plus avec mon nouvel emploi, même s'il me plaisait bien, ni même avec l'argent puisque de toute façon je ne l'ai touché que très tard et en partie seulement, et que cela n'aurait jamais suffi à mon indépendance. Non, c'était juste qu'il faisait pour ainsi dire toujours soleil dans ma tête, même dans le métro, même dans la boue de ce printemps-là, même dans les squares poussiéreux où j'allais manger mon sandwich le midi. Et pourtant ce n'était pas une vie si facile, objectivement. Il fallait que je me lève tôt, mais curieusement, dès le chant du coq, enfin dès ce qui y correspond en ville, je m'éveillais avec facilité, toute seule, je n'avais plus besoin ni de Tamestat le soir ni d'Excidrill le matin alors qu'Honoré et toutes les personnes autour de moi continuaient à s'en gaver. Ce qui n'était guère confortable non plus, c'est que je n'avais jamais le temps de manger tranquillement, et pourtant j'avais faim, cela me venait quand j'arrivais au square, une fringale terrible ; l'air, les oiseaux, je ne sais pas, ce qui restait de la nature ça me faisait tout à coup quelque chose. Mes copines plaisantaient, « *c'est le printemp*s » elles disaient, elles étaient jalouses d'Honoré et de me voir si belle, en même temps flattées qu'avec tous ces succès je leur téléphone encore quelquefois. Ensuite, bon, ce qui n'était pas gai, parfois, c'était les clients, j'avais de moins en moins de clientes, je crois qu'elles prenaient peur dans la boutique, il y avait une drôle d'ambiance. Les clients essayaient parfois des choses que je n'aimais pas, et en temps normal cela aurait dû me déprimer ; mais là non, j'étais gaie comme un pinson. Les clients adoraient ça. Ils disaient tous que j'étais extraordinairement saine. Je devenais fière, je veux dire, fière de moi. Mais ce n'était pas ça non plus qui me donnait ce moral terrible, cette impression excitante de commencer une nouvelle vie. Une de mes dernières clientes, une fidèle qui n'avait pas froid aux yeux, m'a mis la puce à l'oreille. Elle était *chaman*, au quotidien, et extraordinairement riche. Je la massais quand elle m'a dit que c'était sans doute hormonal. J'ai répété ce que disaient mes copines, la poussée de sève du printemps, mais la cliente a insisté, « *non non,* m'a-t-elle dit, *cela vient de vous, de l'intérieur de vous. Êtes-vous bien sûre de ne pas être enceinte ?* » C'est ce mois-là que mes règles se sont arrêtées. Cette réflexion m'a pour ainsi dire coupé la chique. Je n'ai rien dit à Honoré. La cliente était assez âgée, elle avait une grande expérience de la vie, je l'aimais bien. Elle était de celles qui veulent toujours bavarder pendant les massages, je crois qu'elle était comme qui dirait frigide. Ça devait lui plaire de me voir si belle, si jeune, si saine comme ils disaient tous, et me savoir enceinte ça devait l'exciter encore plus, je ne sais pas comment dire. Il y a de moins en moins de bébés. Moi je n'étais pas contre les bébés, parfois j'en voyais au square. En tout cas j'avais de plus en plus faim, et la cliente reconnaissait des symp-

20

tômes partout. « *Avez-vous des envies ?* » me demandait-elle. Elle venait se faire masser tous les jours maintenant, les clients râlaient, ils l'appelaient *la vieille peau*. Je n'avais pas d'envies, j'avais plutôt des dégoûts. « *C'est pareil* », me disait-elle, et elle demandait des détails. Je ne pouvais plus manger de sandwich au jambon, cela me donnait des nausées, une fois même j'avais vomi au square. Ça faisait mauvais genre. Heureusement il était trop tôt pour que des clients ou le directeur puissent me voir. Du coup, je m'étais mise au poulet, ça passait mieux. « *Vous voyez, me disait la cliente, vous avez des envies de poulet, moi pour mon premier fils je ne supportais pas le porc, de toute façon quand on est enceinte, le porc, il faut absolument éviter à cause des maladies.* » Je savais que la cliente n'avait jamais eu d'enfant, un client m'avait dit qu'elle était lesbienne, que c'était *l'évidence même*. Mes règles ne revenaient toujours pas. J'avais de plus en plus faim, et pour varier mes repas j'apportais des œuf durs, du chocolat. C'était difficile de trouver des légumes frais à un prix abordable, j'avais demandé à un client de m'en rapporter de sa maison de campagne, il me donnait aussi des pommes. Il fallait voir comment je les mangeais, ces pommes. Je n'avais jamais assez de temps au square pour bien les croquer, pour bien les mâcher, ça faisait plein de jus dans ma bouche, ça craquait sous mes dents, ça avait un goût ! Mes quelques minutes de répit dans le square avec mes pommes, au milieu des oiseaux, ça faisait pour ainsi dire le bonheur de ma vie. J'avais des envies de vert, de nature. Je m'étais laissé convaincre pour un week-end chez ce client, j'avais prétexté un stage pour qu'Honoré ne dise rien. J'ai été très déçue. La maison du client était belle, entourée d'arbres, isolée, c'était la campagne tout autour, je n'avais jamais vu ça. Mais j'ai passé tout le week-end à l'intérieur, le client avait invité des amis à lui. Par la fenêtre je voyais des champs et des fourrés, j'avais une envie comme qui dirait extravagante d'aller mettre mon nez là-dedans, de me vautrer dans l'herbe, de la humer, de la manger. Mais le client m'a gardée attachée tout le week-end. J'en aurais pleuré, en revenant, dans la voiture. Je ne voulais plus rien lui faire dans la voiture, et puis sur l'autoroute c'est dangereux, et ce chameau m'a jetée à la première porte de la ville, sans ménagement, il n'est plus jamais revenu au magasin. J'ai perdu un bon client. Je me suis mise à saigner en rentrant à la maison. J'avais très mal au ventre, je pouvais à peine marcher. Honoré m'a dit que les femmes ça a toujours des problèmes de ventre. Il a été gentil, il m'a payé un gynécologue. Le gynécologue a été au plus pressé, il m'a dit que j'avais fait une fausse couche, il a fourré plein de coton là-dedans et il m'a envoyée dans une clinique. Ça a coûté très cher, le curetage. Mais moi je suis sûre que je n'étais pas enceinte. Je ne sais pas ce qui m'a prise tout à coup de tenir tête au gynécologue là-dessus, en tout cas il s'est mis très en colère et il m'a traitée de petite grue. Je n'ai pas osé lui raconter ce qui s'était passé avec le client et ses amis. A la clinique, on m'a fait très mal, et, j'en suis sûre, pour rien. Il me semble que quand on est enceinte on le sait. On doit le sentir sur son corps, une odeur de maternité en quelque sorte, et moi qui étais devenue si sensible aux odeurs je ne sentais rien de ce genre sur ma peau. D'ailleurs je suis persuadée qu'à part ma cliente un peu spéciale les clients se seraient détournés de moi s'ils m'avaient devinée enceinte. Ils m'aimaient saine, mais pas à ce point. J'ai un peu mal au ventre, aujourd'hui encore, de tout ce qu'ils m'ont fait à la clinique. Je suis restée femelle malgré tout. Et ce qui me fait dire, encore maintenant, que je n'étais pas enceinte, c'est que presque tout de suite après la prétendue fausse couche mes règles se sont de nouveau arrêtées, et les mêmes symptômes, la faim, les dégoûts, les rondeurs, ont persévéré. Malgré ces quelques désagréments – à moins que tout ne soit lié – je gardais toujours un excellent moral. La vieille cliente m'aimait plus que jamais. Elle insistait, elle touchait mon ventre et me le montrait dans la glace, il devenait lui aussi très rond, un peu trop à mon goût. Mais les clients continuaient à me trouver terriblement sexy, c'est tout ce qui comptait. Ils faisaient même la queue. La cliente passait beaucoup de temps avec moi, elle était la dernière femme à venir au magasin, et ma seule amie en quelque sorte parce que ma *splendeur*, comme elle disait, avait pour ainsi dire découragé toutes mes copines. J'aimais bien bavarder avec la cliente, son corps ne me déplaisait pas, je trouvais intéressant de voir comment j'allais devenir dans quelques années. Je me suis bien trompée. La cliente m'offrait ses robes encore mettables, une fois même un bijou qu'elle n'aimait plus. La cliente a été assassinée. Un jour elle n'est plus venue et on a retrouvé son corps dans le square, sous un arbre. Il paraît que ce n'était pas beau à voir. A partir de là j'ai souvent croisé une de ses amies, tout en noir, qui venait pleurer sous les arbres dans le square. C'est beau d'avoir de telles amies. Moi je n'ai plus eu la cliente pour bavarder, et je me suis retrouvée toute seule avec ce problème de mes règles. D'une certaine façon, j'étais soulagée de ne plus voir la cliente, parce que moi je savais bien que je n'étais pas enceinte, que c'est elle qui voulait que je le sois, et à force elle m'embrouillait la tête. Les clients, au moins, n'avaient pas ce genre de préoccupations. Ils ne

me regardaient pas pour savoir comment j'allais ;
en fait c'est d'eux qu'ils s'occupaient, ça les rendait fiers de pouvoir me tripoter. Ça m'arrangeait,
au fond, leur espèce d'indifférence, parce que je
trouvais que je prenais un peu trop d'embonpoint,
et que ce n'était plus si joli qu'avant ; mais comme
je ne recevais que des habitués à la boutique, je
n'avais pas à craindre des regards nouveaux qui
m'auraient pour ainsi dire vraiment vue. Tous mes
clients savaient que j'étais à leur goût et ça leur
suffisait, ils n'allaient pas chercher plus loin, un
changement de ma personne leur aurait de toute
façon paru *incongru*, je crois que c'est le mot. C'est
depuis que j'ai réfléchi à tout ça. Je commençais à
bien les connaître, mes clients, d'autant plus que
pour pouvoir accueillir tout le monde mon mi-
temps s'était insensiblement transformé en plein
temps. Il me venait de drôles d'idées, des idées que
je n'avais jamais eues, je peux le dire maintenant.
Je commençais à juger mes clients. J'avais même
des préférences. Il y en avait que je voyais arriver
avec un vrai déplaisir, heureusement je réussissais
à ne pas le montrer. Je crois d'ailleurs que ces nouvelles idées et le reste, c'était lié à l'absence de
règles ; même si je gardais toujours cette curieuse
bonne humeur, cette bonne santé, je supportais de
plus en plus mal certaines lubies des clients, j'avais
pour ainsi dire un avis sur tout. Je me taisais, bien

sûr, je m'exécutais, c'est pour ça qu'on me payait, mais je sentais que c'était mon corps qui ne suivait plus, mon corps avec cette absence de règles. C'est mon corps qui dirige ma tête, je ne le sais que trop maintenant, j'ai payé le prix fort même si au fond je suis bien contente d'être débarrassée des clients. Mais à l'époque, je croyais qu'on pouvait faire payer son corps les yeux fermés. Ça marchait bien, d'ailleurs. Ce n'est qu'à partir de ce moment où j'ai pris un peu trop de poids, avant même que les clients ne s'en rendent compte, que j'ai commencé à me dégoûter moi-même. Je me voyais dans la glace et j'avais, pour de bon, des replis à la taille, presque des bourrelets ! Maintenant ce souvenir me fait sourire. J'avais essayé de réduire les sand-wichs, j'en étais même arrivée à ne plus manger le midi, tout ça pour continuer à grossir. Les photos des mannequins dans la parfumerie m'obsédaient. J'étais persuadée qu'il y avait comme un phéno-mène de rétention du sang dans tout mon corps, je devenais rougeaude, insensiblement les clients pre-naient des habitudes fermières avec moi. Ils ne se rendaient compte de rien, trop occupés d'eux-mêmes et de leur plaisir, mais le lit de massage devenait, sous leurs nouvelles envies, une sorte de meule de foin dans un champ, certains commen-çaient à braire, d'autres à renifler comme des porcs, et de fil en aiguille ils se mettaient tous, plus ou moins, à quatre pattes. Je me disais, si mes règles revenaient enfin je me viderais de tout ce sang, je deviendrais à nouveau fraîche comme une jeune fille ; et j'avais des envies de saignées. Les clients eux-mêmes étaient de plus en plus gras. J'avais mal aux genoux sous leur poids, des étoiles me dansaient dans les yeux, je voyais des couteaux, des hachoirs. J'achetais pour la cuisine d'Honoré un matériel électroménager de plus en plus sophistiqué, il appréciait beaucoup ces nouveaux penchants domestiques. Et puis il a bien fallu que je me rende à l'évidence. Puisque je m'étais mise à réfléchir à tout, à avoir des idées sur tout, je ne pouvais plus, rationnellement, fermer les yeux sur mon état et me cacher que j'étais enceinte. J'avais pris six kilos en un mois, tout particulièrement au ventre, aux seins et aux cuisses, j'avais de grosses joues rouges, presque un masque, j'avais faim sans arrêt. La nuit il me venait de drôles de rêves, je voyais du sang, du boudin, et je me levais pour vomir. J'ai honte encore aujourd'hui de ces rêves saugrenus, mais c'était ainsi. Je m'efforçais de comprendre, parfois j'avais d'étranges éclairs de certitude, une lucidité qui me montait du ventre. Ça me faisait peur. Etre enceinte était le seul lien pour ainsi dire objectif et raisonnable entre tous ces symptômes. Honoré voulait que j'arrête de travailler, il se méfiait, il devait se douter de quelque chose. A côté de ça il était assez fier de moi, paradoxalement. On parlait de ma parfumerie dans toute la capitale, c'était la plus chic, des gens célèbres venaient me voir de loin. Honoré ne pouvait que constater aussi les retombées économiques, tout cet électroménager par exemple. Et puis il n'avait pas à se plaindre, à part quelques week-ends, je rentrais tous les soirs à la maison, de toute façon je ne gagnais toujours qu'un tiers-temps. J'avais décidé de ne rien lui dire parce que s'il avait su que j'étais enceinte, il aurait fait tout son possible pour me garder à la maison. J'aurais eu pendant trois mois l'allocation pro-natalité qui était bien supérieure à mon salaire, et après j'aurais été coincée avec Honoré. Je voulais conserver mon travail, je ne sais pas très bien pourquoi au fond. Cela faisait comme une fenêtre, je voyais le square, les oiseaux. De toute façon si l'on m'avait sue enceinte je n'aurais pas pu le garder. Comment annoncer ça au directeur de la chaîne ? C'était impensable. Il m'aurait accusée de ne pas avoir fait attention, mais je ne gagnais pas assez pour pouvoir faire attention, et pour Honoré c'est aux femmes de s'occuper de ces histoires de ventre. C'est aussi pour ça que je croyais que j'étais enceinte, parce que je ne faisais pas attention. Il y a quand même une certaine logique biologique ; même si le moins que je puisse dire maintenant est que j'en doute. Or mon seul atout, c'était mon côté *pneumatique*, et là il faut bien avouer que je le perdais peu à peu. Encore un mois ou deux, et je ne pourrais plus du tout entrer dans ma blouse, mon ventre déborderait, et déjà ce n'était plus si excitant que ça aux bretelles et au décolleté, la chair ressortait trop. Au premier déstockage, un an tout juste après mon embauche, j'ai eu droit à des fonds de poudre et je m'en suis mis tous les matins, ça atténuait un peu mon côté fermière à joues rouges. J'ai pu tenir encore un mois. Mais je grossissais de partout, pas seulement du ventre. Et mon ventre ne ressemblait pas du tout à celui d'une femme enceinte, ce n'était pas un beau globe rond mais des bourrelets que j'avais. J'avais quand même déjà vu des femmes enceintes, je savais à quoi ça ressemblait. Ma mère elle-même, il n'y avait pas si longtemps que ça, avait attendu le cinquième mois avant de se faire avorter en pleurant, on avait trop besoin de son salaire à la maison. Je ne mangeais presque plus. J'avais des éblouissements le jour, des rêves absurdes toutes les nuits. Honoré se disait gêné par mes grognements, ensuite ça a été des cris perçants et il n'a plus supporté de dormir avec moi. Je dormais dans le salon. C'était plus confortable pour tous les deux, je pouvais me vautrer sur le côté comme j'aimais et ronfler. Je

29

dormais pourtant de plus en plus mal, j'avais des poches sous les yeux que je tentais d'effacer à coup d'anti-cernes Yerling, deux tubes gratuits reçus pour les étrennes. Mais l'anti-cernes était périmé et s'effritait, j'avais vraiment une drôle de touche. Il me venait des angoisses terribles à l'idée de cet avortement. Ils ne sont pas tendres avec les avortées. On dit même qu'on ne gâche pas une anesthésie pour ces femmes-là, elles n'ont qu'à faire attention. Et puis il y a toujours ces commandos qu'il faut craindre, je n'étais pas très au courant. A l'époque je ne suivais pas les informations. Maintenant je suis très loin de tout ça, fort heureusement. Je suis allée à la clinique. J'avais revendu en sous-main des rouges à lèvres ultrachic, je tremblais de me faire prendre. Je ne suis restée que six heures, le directeur de la chaîne n'a déjà pas du tout apprécié cette demi-journée fichue par terre. Il y avait un type enchaîné aux étriers de la table d'opération, il psalmodiait quelque chose, mais ce crétin s'était enchaîné trop bas et il ne gênait pas vraiment. Il a été obligé d'assister à tout, et quand la police est arrivée pour couper ses chaînes – vu qu'il avait avalé la clé – il était tout couvert de mon sang. A la clinique ils lui ont dit qu'il ne ferait pas de vieux os s'il continuait à avaler des clés. A moi ils m'ont dit que si je ne faisais pas attention, après ces deux curetages je risquais de devenir stérile. Ils m'ont aussi dit qu'ils n'avaient jamais vu un utérus aussi bizarrement formé, que je ferais bien de m'en soucier un peu, qu'il y a des tas de maladies qui traînent. Ils ont même gardé l'*hystérographie* pour l'étudier de près. Le type m'a raccompagnée. Il était tout pâle. Il m'a dit que je m'étais damnée pour toujours, que je ne pouvais pas, malheureuse que j'étais, imaginer les conséquences de mon acte, que j'étais une fille perdue. Moi je m'en fichais de ce qu'il disait, je m'appuyais sur son bras pour rejoindre la parfumerie. Il était gentil au fond, sans lui je n'aurais jamais pu marcher. Je me demandais comment j'allais faire pour ne pas mettre du sang partout et pour tenir le coup avec les clients. J'ai relevé le rideau de fer. Quand le type a vu l'enseigne, il est devenu encore plus pâle. Il s'est écarté et il a pointé deux doigts sur moi, il a dit que j'étais une créature du diable. « *Là, là !* » il a hurlé. Il me regardait tout à coup, il me scrutait pour ainsi dire. « *La marque de la Bête !* » il a hurlé. Moi ça m'a un peu retournée, qu'on puisse dire ça en me regardant. Le type s'est enfui en courant. Je me suis regardée dans la glace. Je n'ai rien remarqué d'anormal. Pour une fois j'étais pâle, on ne pouvait plus penser à une fermière rougeaude. Finalement cette saignée m'avait fait du bien.

J'ai repris le boulot le cœur léger, je n'avais plus ce souci en tête de savoir si j'étais enceinte ou pas. Les clients payaient toujours bien. Le patron me laissait un pourcentage un peu plus important maintenant, il était très content de moi, il disait que j'étais sa meilleure ouvrière. Au déstockage suivant j'ai eu droit à une cérémonie avec médaille devant toutes les autres vendeuses de la chaîne et devant les plus hauts dignitaires, à un poudrier de chez Loup-Y-Es-Tu, et à un ensemble de crèmes Gilda à l'*ADN suractivé pour renouvellement cellulaire et recombinaisons des macromolécules*. C'étaient des produits neufs. J'ai pleuré de joie à cette cérémonie. On a pris des photos. J'étais très fière, ça se voyait sur les photos. Ça se voyait aussi que j'avais grossi, mais pas tant que ça parce que depuis mon avortement j'avais eu des nausées de plus en plus nombreuses et j'avais maigri. On ne pouvait plus mettre ça sur le compte d'une grossesse. Il y avait quelque chose qui ne passait pas. Je devais faire de plus en plus attention à mon alimentation, je ne mangeais presque plus que des légumes, des patates surtout, c'était ce que je digérais le mieux. Je m'étais prise de folie pour les patates crues ; non épluchées, il faut bien le dire. Honoré voyait ça d'un œil assez dégoûté. Pour le coup il se demandait vraiment si j'étais enceinte. Mais malgré son air un peu écœuré, il ne fallait pas lui en promettre, à Honoré. C'était tous les soirs que j'y passais maintenant, je n'avais pas le temps de me débarbouiller que déjà il fallait lui en donner. C'était comme pour les clients. Moi qui avais cru que mes bourrelets les dégoûteraient, eh bien pas du tout. Contre toute attente, tous, et même les nouveaux (grâce au directeur ils disposaient de passe-droits sur mon emploi du temps déjà surchargé, mais ils payaient bien), tous semblaient m'apprécier un peu grasse. Il leur venait un appétit pour ainsi dire bestial. A peine avais-je commencé la séance qu'ils voulaient tout, tout de suite, le combiné spécial et le forfait *Haute Technicité* avec les huiles et le vibro et tout, au prix où c'est ; mais les huiles je voyais bien qu'ils s'en fichaient, et le vibro ils me l'arrachaient des mains et ils en faisaient de drôles d'usages, je vous jure. Je sortais de là moulue. Les femmes, au moins, sont plus raffinées. Toutes mes anciennes clientes se pâmaient à la séance *Haute Technicité*, il n'y en avait que pour elles. Je commençais à regretter de n'avoir plus qu'une clientèle d'hommes. Je vendais de moins en moins de parfums et de crèmes, mais le directeur de la chaîne avait l'air de s'en moquer. Les stocks s'accumulaient dans mon arrière-boutique et je repérais déjà ceux que j'allais garder pour moi au déstockage suivant. Ce n'était pas un mauvais métier. Il y avait quand même des satisfactions. Les clients, une fois qu'ils avaient eu leur comptant, avaient toujours un petit mot gentil pour moi, ils me trouvaient *ravissante*, parfois ils employaient d'autres mots que je n'oserais pas écrire mais qui finalement me faisaient autant plaisir. Je le voyais bien que j'étais comme ils disaient, il suffisait que je me regarde dans la glace, je n'étais pas dupe tout de même. C'était maintenant mon derrière le plus beau. Il était moulé à craquer dans ma blouse, j'étais même parfois obligée de la raccommoder mais le directeur de la chaîne refusait de m'ouvrir un crédit pour que je m'en achète une plus grande. Il disait que la chaîne était au bord du gouffre, qu'il n'y avait pas d'argent. Toutes, on faisait de gros sacrifices financiers, on avait peur que la chaîne fasse faillite et qu'on se retrouve au chômage. Mes quelques copines vendeuses, je les voyais très rarement, me disaient toujours que j'avais bien de la chance d'avoir un homme honnête comme Honoré pour m'entretenir au besoin. Elles étaient jalouses, surtout de mon derrière. Ce qu'elles ne disaient pas, c'est que pour la plupart elles recevaient de l'argent des clients, de l'argent pour elles. Moi j'ai toujours refusé, on a sa fierté tout de même. Je n'avais pas tellement envie de voir mes copines vendeuses, elles avaient mauvais genre pour ne pas dire autre chose. Mes clients à moi savaient qu'il n'était pas question d'argent entre nous, que tout passait directement à la chaîne et que je touchais mon pourcentage, un point c'est tout. J'étais fière d'avoir la gestion la plus saine de toute l'entreprise. Mes copines vendeuses me dénigraient. Elles jouaient gros jeu, aussi, avec le directeur. Heureusement pour elles que je ne les dénonçais pas parce que le directeur avait ses méthodes à lui pour les filles malhonnêtes. D'ailleurs il se trouvait toujours au bout du compte un client mécontent pour vendre la mèche et participer à la séance de rééducation. Moi je faisais bien mon travail. Ma parfumerie à moi était de bonne tenue. J'acceptais les compliments et les bouquets de fleurs. C'est tout. Mais ce que j'ai du mal à avouer ici, et pourtant il faut bien que je le fasse parce que je sais maintenant que cela fait partie des symptômes, ce que j'ai du mal à avouer c'est que les fleurs, je les mangeais. J'allais dans mon arrière-boutique, je les mettais dans un vase, je les contemplais très longtemps. Et puis je les mangeais. C'était leur parfum, sans doute. Ça me montait à la tête, toute cette verdure, et la vue de toutes ces couleurs. C'était la nature du dehors qui entrait dans la parfumerie, ça m'émouvait pour ainsi dire. J'avais honte, d'autant que les fleurs ça coûte très cher, je savais bien que les clients faisaient de gros sacrifices pour me les offrir. Alors je m'efforçais toujours d'en garder une ou deux pour me les mettre à la boutonnière. Cela me demandait un grand sang-froid, c'était en quelque sorte une petite victoire sur moi-même. Les clients appréciaient de voir leurs fleurs tout contre mes seins. Et ce qui me rassurait c'est qu'ils les mangeaient aussi. Ils se penchaient sur moi et hop, d'un coup de dent ils venaient les cueillir dans mon décolleté, et ensuite ils les mâchaient d'un air gourmand en me regardant par en dessous. Je les trouvais charmants en général, mes clients, mignons comme tout. Ils s'intéressaient de plus en plus à mon derrière, c'était le seul problème. Je veux dire, et j'invite toutes les âmes sensibles à sauter cette page par respect pour elles-mêmes, je veux dire que mes clients avaient de drôles d'envies, des idées tout à fait contre nature si vous voyez ce que je veux dire. Les premières fois, je m'étais dit qu'après tout, si grâce à moi la chaîne pouvait avoir de l'argent supplémentaire, je pouvais être fière et tout faire pour que cela marche encore mieux. Mais je ne savais pas bien où les clients commençaient à dépasser les bornes, en quelque sorte j'ignorais où mon contrat devait s'arrêter pour préserver les bonnes mœurs. Il m'a fallu du temps et du courage pour oser m'en ouvrir au directeur de la chaîne. Curieusement le directeur de la chaîne a beaucoup ri et m'a traité de *petite fille*, j'ai trouvé qu'il y avait une certaine tendresse dans cette appellation et cela m'a émue aux larmes. Le directeur de la chaîne m'a même offert une crème spéciale de chez Yerling pour attendrir les parties sensibles et assouplir le tout, pour le coup je me suis mise à sangloter. Le directeur de la chaîne devait être vraiment fier de moi pour faire preuve de tant de bonté à mon égard. Ensuite il a eu assez de patience pour prendre sur son temps et parfaire ma formation. Il a séché mes larmes. Il m'a assise sur lui et a poussé quelque chose dans mon derrière. Cela m'a fait encore plus mal qu'avec les clients, mais il m'a dit que c'était pour mon bien, qu'ensuite tout passerait très bien, que je n'aurais plus de problèmes. J'ai beaucoup saigné, mais on ne pouvait pas appeler ça des règles. Mes règles n'étaient pas revenues depuis mon avortement. Le directeur m'a dit de toujours être très courtoise avec les clients. Et puis il s'est passé quelque chose de bizarre et de tout à fait incongru, et encore une fois je supplie les lecteurs sensibles de ne pas lire ces pages. Je me suis mise à avoir très envie, pour appeler les choses par leur nom, d'avoir des rapports sexuels. Rien en apparence n'avait changé, les clients étaient toujours les mêmes, Honoré aussi, et ça n'avait rien à voir non plus avec le complément de formation que m'avait octroyé le directeur de la chaîne.

D'ailleurs, alors que les clients n'en avaient plus que pour mon derrière, moi j'aurais préféré qu'on s'intéresse à moi autrement. Je faisais des mouvements de gymnastique en cachette pour diminuer mes fessiers, je suivais même un cours d'aérobic, mais je n'arrivais pas à réduire la taille de mon derrière. Au contraire, j'avais encore pris du poids. On ne voyait plus que ça. Alors, pour que les clients s'intéressent à autre chose, j'ai volontairement laissé craquer mon décolleté, et j'ai pris l'initiative. La première fois que je me suis mise à califourchon sur un client, ça s'est très mal passé. Il m'a traitée de noms que je n'ose pas répéter ici. J'ai compris que ce serait difficile de ne pas laisser l'initiative aux clients, et donc difficile d'obtenir ce que moi je voulais. Alors j'ai fait comme au cinéma. Je me suis mise à lutiner et à faire la coquette. Les clients, ça les a rendus fous. Avant, je m'en tenais à une attitude très stricte, il n'était pas question que je me permette la moindre faute de goût, on était dans une parfumerie chic. Mais quand j'ai commencé à y mettre du mien, je suis navrée de le dire, les clients sont devenus comme des chiens. Toutefois j'en ai perdu quelques-uns qui semblaient regretter l'ancien style de l'établissement et mal supporter la métamorphose. Mais j'avais trop envie, vous comprenez. Au début j'ai eu peur de perdre trop de clients, que cela se voie dans la caisse. Mais à ma grande surprise, il m'est venu un nouveau genre de clientèle, par le bouche à oreille sans doute. Ces nouveaux clients avaient l'air de rechercher une vendeuse comme moi, qui ait vraiment envie, qui se trémousse et tout ça, je vous épargne les détails. J'ai compris ensuite que j'avais empiété sur la clientèle de certaines autres parfumeries de la chaîne, que ça avait fait désordre, le directeur m'a demandé en termes pas très galants de me calmer. Il m'a même mis une claque quand je lui ai demandé s'il voulait profiter de mes services. Pourtant il n'avait pas fait le difficile, avant. Les clients que je préférais maintenant, c'étaient ceux qui me demandaient de les attacher pour leur massage. Ça me changeait. Je pouvais en profiter comme je voulais. Dans les miroirs je me trouvais belle, un peu rouge certes, un peu boudinée, mais sauvage, je ne sais pas comment dire. Il y avait comme de la fierté dans mes yeux et dans mon corps. Quand je me relevais le client avait lui aussi les yeux tout dénoués. On se serait crus dans la jungle. Il y avait des clients tellement affolants que j'aurais pu les manger. Et ceux qui persévéraient dans leurs anciennes habitudes, ceux qui n'avaient pas encore compris que le style de la maison avait changé, ceux qui voulaient encore du guindé et de l'effarouché et du derrière, je les remettais à leur place il fallait voir comment. J'ai pris des coups, surtout de ceux qui avaient déjà l'habitude de me frapper avant d'avoir leur massage spécial. Mais ça m'était égal. Il se passait en moi quelque chose de si extraordinaire que même la séance de remise en selle que m'a fait subir le directeur de la chaîne m'a à peine arraché quelques cris. Il me trouvait trop délurée maintenant, j'avais pris un mauvais genre, les *chattes en chaleur* ce n'était pas pour la maison. Des clients s'étaient plaints. En m'emmenant trois jours en week-end avec son trésorier et ses dobermans, le directeur de la chaîne a cru me faire passer à jamais le goût de la gaudriole. Il a cru que les anciens clients pourraient à nouveau faire faire son métier à une *petite fille* sage et docile et qui garde les yeux baissés sans un murmure. Eh bien il s'est trompé. Ce qui se passait d'extraordinaire, c'est que maintenant j'aimais ça, je veux dire, pas seulement les massages qu'on peut afficher en vitrine et la démonstration de produits, non, tout le reste, du moins ce dont je prenais moi-même l'initiative. Il restait bien sûr des clients qui tenaient à leurs anciennes habitudes. Je ne pouvais tout de même pas tout leur refuser, et puis il fallait que je me tienne à carreau si je ne voulais pas que le directeur de la chaîne m'envoie dans le centre de rééducation spécial. Le directeur de la chaîne disait que c'était bien malheureux, que même les meilleures ouvrières prenaient le mauvais chemin, qu'on ne pouvait plus compter sur rien. Il disait que j'étais devenue, excusez-moi, une *vraie chienne*, ce sont ses propres termes. Honoré jubilait. Ses théories se voyaient confirmées. Le travail m'avait corrompue. Désormais je gémissais sous lui. Très rapidement il n'a plus rien voulu savoir de moi ; il disait que je le dégoûtais. C'était ennuyeux pour moi, maintenant c'était toujours moi qui avais envie et j'étais obligée de chercher à me satisfaire à la parfumerie. Honoré me poussait dans les bras du stupre. Je me demande aussi aujourd'hui dans quelle mesure Honoré ne s'était pas obscurément aperçu des transformations de mon corps. Peut-être que c'étaient mes bourrelets et mon teint de plus en plus rose et comme tacheté de gris qui le dégoûtaient. Ce n'était pas pratique pour moi de concentrer mon activité sexuelle uniquement sur la parfumerie, parce qu'en plus de ne pas toujours trouver des clients sensibles à mes nouvelles façons, je devais me souvenir de simuler comme avant avec les anciens clients. Je vais essayer de m'exprimer le plus clairement possible, parce que je sais que ce n'est pas facile à comprendre, surtout pour les hommes. Avec les nouveaux, surtout avec ceux qui se laissaient commodément attacher, je pouvais désormais travailler à mon rythme, me laisser aller, pousser les cris que je voulais. Mais avec les vieux habitués, tout en ayant à réfréner mes ardeurs et à accepter leurs lubies contre nature, vous savez de quoi je parle, il m'arrivait d'y trouver quand même mon compte. Et il s'est trouvé des vieux habitués pour me faire remarquer sur un air de reproche que ma façon de crier avait bien changé. Forcément, puisque avant je faisais semblant. Si vous me suivez. Donc il fallait que je me souvienne de pousser exactement les mêmes cris qu'avant. Il fallait aussi que je me souvienne des clients qui aimaient que je crie et des clients qui n'aimaient pas que je crie. Or il est difficile de simuler quand des sensations vraies vous viennent dans le corps. Je ne sais pas si je me fais bien comprendre. Je conçois à quel point cela doit être choquant et désagréable de lire une jeune fille qui s'exprime de cette façon, mais je dois dire aussi que maintenant je ne suis plus exactement la même qu'avant, et que ce genre de considérations commence à m'échapper. En tout cas la vie devenait compliquée. En plus de devoir déguiser mes sensations je craignais de plus en plus mes anciens clients, les coups de fil choqués qu'ils pouvaient passer au directeur. Je n'avais plus du tout la confiance du directeur et j'avais peur de me faire licencier. Heureusement il est venu un marabout africain très riche qui a loué mes services à prix d'or pour une semaine. Le directeur était très content de la venue du riche marabout mais il voulait que ça se passe ailleurs que dans la parfumerie, un nègre c'était délicat. La parfumerie est restée fermée tout ce temps et les esprits les plus échauffés se sont calmés. Beaucoup d'anciens habitués se sont d'ailleurs tournés vers une soi-disant petite perle que le directeur avait dégottée aux Antilles et installée en plein sur les Champs-Elysées, on se demande où la chaîne avait trouvé les moyens. Le marabout a été charmant avec moi. Il m'a emmenée dans son loft des quartiers africains et il m'a dit que ça faisait longtemps qu'il cherchait quelqu'un comme moi. D'abord on s'est un peu amusés, il appréciait beaucoup mon caractère. Moi, j'aime autant vous le dire, j'en profitais. On ne découvre pas de nouvelles sensations tous les jours, d'autant que le marabout savait des spécialités de son pays. Et puis après s'être bien amusé le marabout s'est mis à faire des trucs bizarres. Il m'a passé des onguents sur le corps, il m'a pour ainsi dire auscultée, on aurait dit qu'il cherchait quelque chose. Ma peau réagissait violemment aux onguents, ça brûlait, ça changeait de couleur, j'avais envie de lui dire d'arrêter. Le marabout m'a fait boire de la liqueur d'œil de pélican. Il a aussi essayé de me mettre sous hypnose. Il m'a demandé si je me sentais malade. Alors pour qu'il arrête un peu je me suis mise à lui raconter tout ce qui s'était passé les mois précédents. Le marabout m'a donné sa carte, il m'a dit de revenir le voir *si ça continuait*. Nous avons sympathisé. Le marabout riait beaucoup parce que la différence de nos couleurs, lui si noir et moi si rose maintenant, le mettait de bel appétit. Il fallait toujours qu'on se mette à quatre pattes devant la glace, et qu'on pousse des cris d'animaux. Les hommes sont tout de même étranges. Il est encore trop tôt pour que je vous raconte ce que j'ai vu dans la glace, vous ne me croiriez pas. D'ailleurs cela m'a tellement glacé le sang que j'ai longtemps évité d'y penser. Le marabout m'a renvoyée chez moi à la fin de la semaine. Il a insisté, sur le pas de sa porte, pour que je revienne le voir *si cela s'aggravait*. Et il m'a une dernière fois pinçotée sous mon pull. J'ai cru qu'il faisait ça par gentillesse, comme pour ces vingt euros supplémentaires qu'il m'a donnés et qui m'ont permis de rentrer chez Honoré en taxi. Mais je me suis aperçue dans l'escalier qu'il m'avait fait un bleu. Le bleu s'est comme qui dirait accentué. Il prenait des teintes violettes, brunes. Honoré était furieux de cette semaine passée en stage, il se doutait de quelque chose. Je cachais le bleu de mon mieux. Honoré ne voulait plus me toucher, mais il n'avait pas perdu l'habitude de me reluquer tous les soirs sous la douche, et je devais aussi céder à quelques-uns de ses caprices ; mais seulement avec la bouche. Toute nue, à m'occuper comme ça d'Honoré, ce n'était pas évident pour moi de cacher le bleu qui était juste au-dessus de mon sein droit. Honoré pourtant n'a rien paru remarquer, et il n'a pas parlé non plus de ma prise de poids pourtant si évidente. Le bleu devenait un cercle bien rond, brun rosé. J'avais un peu moins envie d'avoir des rapports, ça passait. Les clients attachés m'ennuyaient. Les clients violents me fatiguaient de plus en plus. Il y avait des sortes d'intégristes qui venaient en groupe pour me *corriger*, disaient-ils, et ils n'avaient que le mot *malheureuse* à la bouche. Le directeur aiguillait une clientèle de plus en plus spéciale sur la boutique. J'ai même vu arriver le type qui s'était enchaîné à ma table d'avortement, il m'en a fait voir de toutes les couleurs. J'étais entièrement couverte de bleus maintenant, mais seul celui sur la poitrine ne disparaissait pas. Ça finissait par me dégoûter moi-même. Le bleu se transformait petit à petit en téton. Petit à petit il se couvrait de ces sortes de granulés de la peau des mamelons, et une bosse assez marquée se formait à la surface, ça commençait même à pointer. A force de voir tous ces azimutés je me suis demandée si je n'étais pas en train de subir un châtiment de Dieu, je vous demande un peu. En tout cas, mes règles sont revenues, c'était déjà ça. Je n'avais plus envie de rien, et mon travail me devenait très pénible. Je me suis même prise à rêver d'une petite parfumerie bien calme, dans une lointaine banlieue où je n'aurais fait que des démonstrations. J'étais tombée bien bas. Je n'avais plus du tout le moral. C'est ce téton en plus qui me faisait faire du souci, et puis mes règles aussi, paradoxalement. J'étais bien contente de les voir revenues, mais comme toujours elles me fichaient par terre, j'étais très fatiguée et je n'avais plus cœur à rien. C'est hormonal il paraît. Peut-être aussi que je trouvais ça inquiétant, à force, de n'avoir pas été fécondée, vu qu'ils m'avaient bien prévenue à la clinique. Mes règles étaient d'une ampleur exceptionnelle, un vrai raz de marée, de quoi faire croire de nouveau à une fausse couche. Mais j'étais décidée à ne plus consulter aucun gynécologue. De toute façon je n'avais pas d'argent. Je comprends maintenant que même si j'avais été enceinte, déjà à ce moment-là ça n'aurait pu donner que des faussescouches. Et ça valait mieux comme ça.

Je me suis mal habituée à ce nouveau rythme de mon corps. J'avais mes règles tous les quatre mois environ, précédées juste avant d'une courte période d'*excitation sexuelle*, pour appeler un chat un chat. Le problème c'est que si ma nouvelle clientèle s'était désormais bien implantée, il restait encore quelques anciens habitués. J'étais obligée, d'un côté de faire comme si j'étais constamment dans cet état d'excitation, de l'autre de simuler toujours la froideur. C'était fatigant. Je m'embrouillais dans mes états, dans les moments où il fallait que je simule ou que je dissimule. Ça n'était plus une vie. Je ne pouvais jamais être au *diapason* de mon corps, pourtant *Gilda Mag* et *Ma beauté ma santé*, que je recevais à la parfumerie, ne cessaient de prévenir que si on n'atteignait pas cette harmonie avec soi-même, on risquait un cancer, un *développement anarchique des cellules*. De plus en plus, je me réfugiais dans le petit square entre deux clients, je les faisais patienter un peu. Je prenais des risques avec le directeur, mais je n'en pouvais plus. Je subtilisais les crèmes conseillées par les magazines et je les étalais soigneusement sur ma peau, mais rien n'y faisait. J'étais toujours aussi fatiguée, ma tête était toujours aussi embrouillée, et le *gel micro-cellulaire spécial épiderme sensible contre les capitons disgracieux* de chez Yerling ne semblait même pas vouloir pénétrer. Honoré disait qu'il était bien le seul. Honoré devenait vulgaire, il se doutait vraiment de quelque chose. En plus de développer une profonde graisse sous-cutanée ma peau devenait allergique à tout, même aux produits les plus chers. Elle épaississait fort disgracieusement et se révélait hypersensible, ce qui était un bonheur quand j'avais, pour parler crûment, mes

47

chaleurs, mais un vrai handicap pour tout ce qui concernait les maquillages, les parfums et les produits ménagers. Or dans mon métier ou pour tenir la maison d'Honoré, j'étais pourtant bien obligée d'en faire usage. Alors ça ne ratait pas : je me couvrais de plaques rouges, et après la crise ma peau devenait encore plus rose qu'avant. Et j'avais beau passer toutes les crèmes du monde sur mon troisième téton, rien n'y faisait, il ne voulait pas disparaître. Quand j'ai commencé à voir enfler comme un vrai sein par-dessous, j'ai cru que j'allais m'évanouir. Si cela continuait, il allait falloir que j'aille en clinique me faire opérer, et je n'avais pas un sou vaillant. Les magazines féminins fournissaient des adresses de chirurgiens esthétiques, en sous-entendant que pour les cas les plus gracieux ils savaient être obligeants, mais je ne voulais pas me lancer à nouveau dans des histoires à n'en plus finir. J'avais un terrible besoin de calme. Je ne répondais plus à aucune invitation en week-end. Ce n'était pas que ces vastes maisons à la campagne ne me faisaient pas envie, mais comme on dit, chat échaudé craint l'eau froide. Une grange, une étable même m'auraient très bien convenu, mais seule, tranquille. Je grognais toujours dans mon sommeil, une fois même je dois avouer que j'ai uriné sous moi. Je voyais bien qu'Honoré résistait à l'envie de me jeter dehors. Je lui sais encore gré de sa bonté, de sa patience, rien ne l'obligeait à me garder puisque je ne l'attirais plus sexuellement. J'ai même téléphoné à ma mère pour savoir si je pouvais retourner chez elle au besoin, mais elle a éludé la question. J'ai appris par la suite que ma mère avait gagné une petite somme au Loto et qu'elle comptait s'installer à la campagne, mais elle ne voulait rien m'en dire pour être sûre que je ne vienne pas faire le parasite. Mes journées pour le moment se passaient à guetter la moindre minute où je pourrais m'échapper entre deux clients. Le directeur m'avait reproché un certain laisser-aller vestimentaire, mais il ne se rendait pas compte que ma vieille blouse, qu'il avait cru bon me laisser, n'était plus du tout aussi sexy qu'avant. Elle était beaucoup trop étroite, le blanc s'était terni et mes bourrelets avaient fait craquer trop de coutures. J'avais sans doute l'air un peu minable. J'étais tellement fatiguée. Mes cheveux se hérissaient comme du crin et tombaient par poignées, ils devenaient difficiles à discipliner. Je mettais des baumes, je me faisais des mises en plis cachemisère, mais mon manque de goût pour tout ça devenait, lui, nettement perceptible. J'avais toujours des éruptions cutanées impossibles à dissimuler puisque je ne pouvais plus supporter ni la poudre ni les fonds de teint ; et bien entendu je ne me maquillais plus, plus de rimmel, plus de mascara, c'étaient tous ces produits qui me donnaient des allergies. Mes yeux dans le miroir me semblaient maintenant plus petits et plus rapprochés qu'avant, et sans poudre mon nez prenait un petit air porcin tout à fait désastreux. Il n'y avait que le rouge à lèvres que je supportais encore. Le directeur de la chaîne m'a forcée à baisser mes prix, et pour ne pas nuire à l'entreprise j'ai dû réduire mon pourcentage, je ne gagnais plus que de quoi payer les transports en commun et la nourriture, le reste je le donnais à Honoré pour le loyer. La clientèle s'est mise à changer de nouveau. Comme les prix baissaient et que j'avais l'air moins chic, moins difficile aussi, les meilleurs clients se sont offusqués et sont partis. Le pire, je vous l'ai encore caché. Le pire, c'était les poils. Ils me venaient sur les jambes, et même sur le dos, de longs poils fins, translucides et solides, qui résistaient à toutes les crèmes dépilatoires. J'étais obligée d'utiliser en cachette le rasoir d'Honoré, mais à la fin de la journée je devenais râpeuse sur tout le corps. Les clients n'appréciaient pas beaucoup. Heureusement, il restait des fidèles, une poignée de doux dingues. Ceux-là me faisaient toujours mettre à quatre pattes, me reniflaient, me léchaient, et faisaient leurs petites affaires en bramant, poussaient des cris de cerf en rut, enfin, ce genre de choses. Le marabout, qui avait ces goûts-là, m'a téléphoné quelquefois et m'a incitée à lui rendre visite, en *consultation* a-t-il précisé. Mais j'étais trop fatiguée et je craignais une nouvelle spécialité. Heureusement, quand mes chaleurs sont revenues, j'ai de nouveau retrouvé la forme et je me suis de nouveau beaucoup intéressée à mon métier ; heureusement, parce que le directeur m'attendait au tournant. Le directeur n'était plus du tout content de moi. Il a exigé que je perde du poids et que je me maquille, il m'a même acheté une nouvelle blouse. « *C'est ta dernière chance* », il m'a dit. Mais avec la meilleure volonté du monde je n'ai pas pu redevenir celle que j'étais. La boutique a encore perdu en standing. J'étais presque passée dans la dernière catégorie. Je recevais des clients vraiment pouilleux, et sans aucune éducation. Ça sentait le fauve dans la parfumerie, mais ce n'était pas ça qui me gênait. Non, ce qui m'était pénible, avec toute cette brutalité, c'est que je ne recevais plus jamais de fleurs. Alors vous comprendrez que j'aimais à me réfugier souvent dans le square, même s'il ne fait pas de doute que je manquais là aux règles les plus élémentaires du travail. Dans le square je trouvais toujours des boutons d'or, c'était le printemps de nouveau, et je les mâchais lentement en cachette, je leur trouvais un goût de beurre et de pré gras. Je regardais les oiseaux, il y avait des moineaux, des pigeons, des étourneaux parfois, et leurs petits chants pathétiques me tiraient des larmes. Un couple de crécerelles nichait juste au-dessus de la parfumerie, je ne m'en étais jamais aperçue. Il me semblait parfois que je comprenais tout ce que les oiseaux disaient. Il y avait aussi des chats, et des chiens, les chiens aboyaient toujours en me voyant, et les chats me regardaient d'un drôle d'air. J'avais l'impression que tout le monde savait que je mangeais des fleurs. Quand l'été est venu je n'ai plus trouvé autant de fleurs et je me suis rabattue sur l'herbe tout bêtement, et à l'automne j'ai découvert les marrons. C'est bon, les marrons. Je ne prenais plus la peine de me cacher, sauf des clients qui pouvaient passer ; je m'étais rendu compte que tout le monde s'en fichait de ce que je pouvais bien faire. Je les écorçais facilement, les marrons, mes ongles étaient devenus très durs et plus courbes qu'avant. Mes dents étaient très solides aussi, je n'aurais jamais cru ça. Le marron se fendait sous mes molaires, ça giclait en un jus pâteux et savoureux. En deux coups de dents c'était fini, il m'en fallait un autre. Un jour la dame en noir, l'amie de ma vieille cliente, m'a donné un euro. Elle croyait que j'avais faim. Ce n'était pas faux, en un sens. J'avais constamment faim, j'aurais mangé n'importe quoi. J'aurais mangé des épluchures, des fruits blets, des glands, des vers de terre. La seule chose qui vraiment continuait à ne pas passer, c'était le jambon, et aussi le pâté, et le saucisson et le salami, tout ce qui est pourtant pratique dans les sandwichs. Même les sandwichs au poulet ne me donnaient pas le même plaisir qu'avant. Je mangeais des sandwichs à la patate crue. On pouvait sûrement croire à des œuf en tranche, de loin. Un jour, Honoré a acheté des rillettes chez un traiteur chic. Il croyait me faire plaisir en s'occupant pour une fois des courses et en organisant une petite charcuterie-partie en tête-à-tête à la maison. Eh bien quand j'ai vu les rillettes je n'ai pas pu me retenir une seconde : j'ai vomi là, dans la cuisine. Honoré a plissé les yeux de dégoût, c'étaient en quelque sorte les rillettes de la dernière chance entre nous. De toute la soirée je n'ai pas pu me calmer. Je tremblais, j'avais des sueurs froides qui empestaient dans tout l'appartement. Honoré est parti en claquant la porte et en me laissant seule avec les rillettes posées sur la table. J'étais coincée dans la cuisine, pour rejoindre le salon il fallait passer devant la table et il m'était impossible de prendre sur moi. J'ai passé une nuit horrible. A peine m'assoupissais-je sur mon tabouret que des images de sang et d'égorgement me venaient à l'esprit. Je voyais Honoré ouvrir la bouche sur moi comme pour m'embrasser, et me mordre sauvagement dans le lard. Je voyais les clients faire mine de manger les fleurs de mon décolleté et planter leurs dents dans mon cou. Je voyais le directeur arracher ma blouse et hurler de rire en découvrant six tétines au lieu de mes deux seins. C'est ce cauchemar-là qui m'a fait me réveiller en sursaut. J'ai couru vomir à la salle de bains, mais l'odeur des rillettes m'a soulevé le cœur encore plus. Ça a fait comme si mon intérieur se retournait, le ventre, les tripes, les boyaux, tout à l'extérieur comme un gant à l'envers. J'ai vomi sans pouvoir m'arrêter pendant plusieurs minutes. Après j'ai ressenti le besoin urgent de me laver. Je me suis frottée sur tout le corps, savonnée dans les moindres recoins, je voulais enlever tout ça. Il y avait une odeur très particulière attachée à ma peau. Les poils surtout me dégoûtaient. Je me suis séchée soigneusement dans une serviette bien propre, je me suis frottée au talc, et je me suis sentie un peu mieux. Ensuite je me suis rasé les jambes et, comme je pouvais, le dos. Un peu de sang a coulé, c'est difficile de se raser le dos. La vue du sang m'a pétrifiée. Je suis restée là, assise par terre sur mon derrière avec le sang qui coulait. Je n'arrivais pas à m'ôter de la tête ces visions d'égorgement, le sang qui gicle de la carotide, le corps agité de soubresauts. Pourtant je n'avais jamais vu qui que ce soit se faire égorger en vrai. La seule personne égorgée que je connaissais, c'était ma cliente d'autrefois, celle qui avait été assassinée et dont l'amie venait au square. L'amie m'avait dit que l'égorgement ça avait seulement été la fin pour elle, que ça avait duré longtemps tout ce qu'on lui avait fait, qu'elle avait du sang coagulé partout quand on l'a trouvée. Je préférais ne pas y penser. Je sais qu'un journal a publié les photos, un client avait absolument tenu à me l'offrir et il avait même voulu que je lui fasse des choses spéciales en regardant les photos. J'ai refusé. Le client s'est plaint au directeur, c'était la toute première fois qu'un client se plaignait. Heureusement juste après il y avait eu la cérémonie où j'avais été sacrée meilleure ouvrière. J'aimais bien ma vieille cliente, ce n'est pas tellement pour ça que j'avais refusé de voir les photos, mais plutôt parce que je sentais déjà que je ne pourrais pas supporter la vue de tout ce sang. D'un côté je rêvais de sang toutes les nuits, j'avais comme des envies de taillader dans du lard. D'un autre côté, la chair sanglante, c'est ce qui me répugnait le plus. A l'époque je comprenais mal ces contradictions. Je sais aujourd'hui que la nature est pleine de contraires, que tout s'accouple sans cesse dans le monde, enfin, je vous fais grâce de ma petite philosophie. Sachez tout de même qu'il m'arrive souvent maintenant de fendre d'un coup de dent un petit corps de la nature, et que je n'en tire ni dégoût ni affectation. Il faut bien se procurer sa dose de protéines. Le plus facile, ce sont les souris, comme font les chats, ou alors les vers de terre mais c'est moins énergétique. Cette nuit-là, quand le sang a coulé sur mon dos, je n'ai pas pu me relever avant plusieurs heures. Curieusement je n'avais pas froid. J'étais nue sur le carrelage, mais ma peau était devenue si épaisse qu'elle me tenait pour ainsi dire chaud. Quand j'ai enfin réussi à bouger, cela a fait comme un arrachement en moi, comme si l'usage de ma volonté demandait de terribles efforts à la fois à mon cerveau et à mon corps. J'ai voulu me mettre debout et curieusement mon corps s'est comme qui dirait retourné sous moi. Je me suis retrouvée à quatre pattes. C'était effrayant, parce que je n'arrivais pas à faire pivoter mes hanches. J'étais comme paralysée du derrière, à la manière des vieux chiens. Je tirais sur mes reins, mais il n'y avait rien à faire, je ne pouvais pas me mettre debout. J'ai attendu longtemps. J'avais du mal à tourner la tête pour regarder derrière moi. J'avais l'impression que la salle de bains était pleine d'anciens clients ricanants, et pourtant je savais bien que j'étais seule. J'avais très peur. Enfin à nouveau il y a eu comme un déclic dans mon cerveau et dans mon corps, ma volonté s'est en quelque sorte roulée en boule dans mes reins, j'ai poussé, j'ai réussi à me mettre debout. C'est le pire cauchemar que j'ai jamais fait de ma vie. Par la suite j'ai gardé comme une douleur constante aux hanches, une sorte de crampe, et une certaine difficulté à me tenir bien droite. J'étais tellement bouleversée par tout ce qui venait de se passer que j'ai ressenti le besoin de me regarder dans la glace, de me reconnaître en quelque sorte. J'ai vu mon pauvre corps, comme il était abîmé. De ma *splendeur* ancienne tout ou presque avait disparu. La peau de mon dos était rouge, velue, et il y avait ces étranges taches grisâtres qui s'arrondissaient le long de l'échine. Mes cuisses si fermes et si bien galbées autrefois s'effondraient sous un amas de cellulite. Mon derrière était gros et lisse comme un énorme bourgeon. J'avais aussi de la cellulite sur le ventre, mais une drôle de cellulite, à la fois pendante et tendineuse. Et là, dans le miroir, j'ai vu ce que je ne voulais pas voir. Ce n'était pas comme dans le miroir du marabout, mais c'était aussi terrible. Le téton au-dessus de mon sein droit s'était développé en une vraie mamelle, et il y avait trois autres taches sur le devant de mon corps, une au-dessus de mon sein gauche, et deux autres, bien parallèles, juste en dessous. J'ai compté et recompté, on ne pouvait pas s'y tromper, cela faisait bien six, dont trois seins déjà formés. Le jour se levait. J'ai été prise d'une soudaine impulsion. J'ai jeté un manteau sur moi et je suis allée droit au quai de la Mégisserie. J'ai attendu que les magasins ouvrent. J'ai pris mon temps pour choisir. J'ai acheté un joli cochon d'Inde aux yeux verts, une femelle, les mâles me dégoûtaient un peu avec leurs grosses trucs. Et puis j'ai acheté un petit chien. Ça m'a coûté cher. C'est assez rare les animaux, maintenant. Mais je n'ai pas eu besoin d'acheter une laisse. Le petit chien s'est mis à me suivre tout seul d'un air intrigué, il reniflait sans arrêt dans mon sillage. Le cochon d'Inde, lui, dormait dans mes bras, il était mignon comme tout, avec un air apaisé et heureux. Le petit chien me flairait avec circonspection, on avait l'impression qu'il cherchait quelque chose. Mon cas l'a tout de suite passionné. A chaque chien qu'il croisait dans la rue, il me désignait de la truffe. Les autres chiens me regardaient avec de grands yeux. J'en ai rapidement eu assez. Je cherchais un compagnon, quelqu'un qui me comprenne et me console, pas quelqu'un qui m'exhibe comme un phénomène de cirque. Je n'ai pas regretté le petit chien quand Honoré l'a jeté par la fenêtre, seulement les sous qu'il m'a coûté. Honoré est rentré ivre mort. Il sentait la femelle, sans doute une de ses étudiantes. Il s'est tout de suite mis à braire contre ma *ménagerie*. J'ai compris que décidément notre couple battait de l'aile. J'ai hurlé que s'il touchait à un cheveu de la tête de mon petit cochon, c'était lui, Honoré, qui allait passer par la fenêtre. Ce matin-là je ne suis pas allée à la parfumerie. Ou plutôt si, je suis allée furtivement relever le rideau, et j'ai volé des parfums et des produits de beauté. Je sais que ce n'est pas bien, mais j'étais un peu déboussolée, dans mon état normal je n'aurais pas fait ça. Je me suis lancée dans l'opération de la dernière chance. J'ai vendu les produits dans la rue et je suis allée voir une dermatologue. Il fallait absolument que je sois belle pour quand Honoré rentrerait. La dermatologue a poussé les hauts cris quand elle m'a auscultée. Elle m'a dit qu'elle n'avait jamais vu une peau dans cet état. On peut dire qu'elle a trouvé les mots qui consolent. Je lui ai dit que tout ce que je voulais, c'était pouvoir me maquiller un peu ce soir, et sentir moins mauvais. La dermatologue m'a dit qu'elle n'était pas esthé-ticienne. La dermatologue était une femme vrai-ment très chic, je me sentais minable devant elle. Elle m'a tout de même injecté une sorte de sérum, elle m'a dit qu'il y a des maladies qui traînent, sur-tout dans les squares avec tous ces pigeons. Ensuite elle m'a demandé d'un air soupçonneux si j'avais eu des rapports sexuels ces derniers temps. Je n'ai pas osé répondre. La dermatologue a levé les yeux au ciel et m'a injecté une seconde dose de sérum. Ça m'a donné des maux de tête terribles, et des nausées. La dermatologue m'a priée de ne pas vomir sur sa moquette. Tout ça a coûté très cher. Mais le soir j'ai pu me maquiller sans allergie trop importante et le rasage a semblé vouloir tenir un peu plus longtemps que d'habitude. Dans la même journée j'ai aussi fait une folie : j'ai acheté une robe à ma taille. La vendeuse m'a dit qu'en 48 je ne trouverais que ce modèle. La robe cependant était jolie, ample certes, avec la taille sous les seins et un col montant, mais vaporeuse et légère et pour tout dire très féminine. Quand je suis rentrée à la maison je n'avais plus un sou vaillant. Mais j'ai trouvé comme un moment de répit. J'ai pu boire un café sans tout vomir et prendre un peu de repos dans un fauteuil.

Quand Honoré est rentré, il m'a dit que je sentais bon. Je m'étais inondée de Yerling. Honoré m'a embrassée sur le front et m'a dit que puisque j'étais si en beauté ce soir, il m'invitait à l'Aqualand en souvenir de notre rencontre. J'en aurais pleuré de joie. Il y avait une cabine réservée au nom d'Honoré quand nous sommes arrivés. Cela m'a fait un plaisir immense et m'a paru de bon augure que de son côté il ait tout organisé. Dans la cabine Honoré a fait un effort sur lui-même et il m'a sodomisée. Je crois qu'il ne pouvait même plus penser à mon vagin. Moi, penchée en avant, j'avais pour ainsi dire une vue imprenable sur ma vulve, et je trouvais qu'elle dépassait étrangement ;

je ne voudrais pas vous infliger trop de détails mais en quelque sorte les grandes lèvres pendaient un peu plus que la normale et c'est pour ça que je pouvais si bien les voir. Dans *Femme femme* ou *Ma beauté ma santé*, je ne sais plus, j'avais lu que le plat préféré des Romains, et le plus raffiné, c'était la vulve de truie farcie. Le magazine s'insurgeait contre cette pratique culinaire aussi cruelle que machiste envers les animaux. Je n'avais pas d'avis sur la question, je n'ai jamais eu d'opinions bien précises en politique. Honoré a terminé. Nous sommes sortis de la cabine. J'avais insisté pour remettre ma robe pour le dîner. Une si jolie robe, ç'aurait été dommage de ne pas en profiter encore un peu, une robe à ma taille, dans laquelle je pouvais respirer. Nous avons fait un dîner très agréable. Il y avait le choix en salades exotiques. Honoré m'a laissé manger tout ce que je voulais, et pourtant ça coûtait rudement cher. La seule chose qui m'embêtait un peu c'est que j'avais laissé le cochon d'Inde à la maison, il me manquait déjà. Heureusement Honoré était tellement charmant qu'il me le faisait oublier. C'était une petite bête vraiment gentille. J'ai failli me trouver mal quand Honoré a absolument voulu me faire goûter son pécari à l'ananas, mais j'ai réussi à prendre sur moi. Je sentais mon maquillage qui coulait, j'avais très chaud. Heureusement je n'éprouvais encore aucune de ces démangeaisons annonciatrices d'allergies. Sous les palmes, dans les ventilateurs qui imitaient les alizés, on se serait presque cru dans une île bienheureuse, tout se passait à merveille. Honoré, tout ça, ça le mettait en forme. Ça ne tombait pas si mal parce que je sentais revenir mes chaleurs. Honoré s'est levé avant le dessert et il m'a dit de le rejoindre dans la cabine. J'étais un peu gênée vis-à-vis de tous ces nègres en pagne qui nous éventaient, mais visiblement ils en avaient vu d'autres. Honoré, dans la cabine, m'a tendu un paquet-cadeau avec les célèbres armoiries de chez Loup-Y-Es-Tu et le gros nœud en peluche argentée et tout. Je me suis mise à pleurer. Honoré m'a grondée d'être si sentimentale. Dans le paquet il y avait un maillot de bain luxueux, très échancré. Honoré m'a enlevé lui-même ma robe et l'a jetée en boule dans un coin, ça m'a fait un peu mal qu'il en prenne si peu de soin. Ensuite il m'a fait mettre le maillot. Moi, je ne voulais pas ; mais comment refuser ? Le maillot a tout de suite craqué. Honoré était tellement furieux qu'il m'a forcée à sortir de la cabine dans cette tenue. Heureusement les nègres n'ont même pas sourcillé. Honoré m'a poussée dans l'eau. C'était le moment des grosses vagues. Le contact de l'eau ça a fait tout à coup comme une onde de terreur en moi. Je me suis aperçue que je flottais à peine, et que je ne savais presque plus nager. J'étais obligée de battre des mains et des pieds sous moi, c'était à nouveau comme si mes articulations se bloquaient à angle droit. Moi qui aimais tant l'eau autrefois, moi qui y trouvais toujours un délicieux réconfort, ici, à l'Aqualand, dans tout ce bleu liquide et chaud, voilà que j'étouffais, mon cœur battait à toute allure dans l'eau, je paniquais, je n'arrivais pas à en sortir. Honoré était consterné de voir ça. Il lui a bien fallu se rendre à l'évidence. Je n'étais plus du tout celle qu'il avait connue. Un jeune garçon m'a tendu la main, je l'ai attrapée, mais le galopin m'a lâchée en s'esclaffant, il m'a traitée de grosse vache. Je me suis mise à pleurer. Honoré est parti sans se retourner, il devait être mort de honte. Quand il est revenu il était au bras d'une de ces négresses en string qui font l'accueil. Les négresses de l'Aqualand, on les connaît. Honoré empestait le vin de palme. Moi j'étais contente tout de même de le revoir, parce que c'est lui qui avait la clé de la cabine, et toutes mes affaires étaient dedans. Je m'étais cachée comme je pouvais sous un palétuvier en vinyle rose, mais il y avait toute une bande de jeunes garçons à m'embêter, entraînés par celui qui m'avait insultée. Ils tiraient sur la dernière bretelle de mon maillot et voulaient me forcer à lâcher les bribes loqueteuses qui couvraient encore mon derrière. Cela faisait un joyeux bazar autour de

moi, je vous jure. Honoré n'a pas eu l'air d'apprécier. Il a renvoyé la négresse, il ne voulait pas de
témoin en quelque sorte, et il m'a dit que j'étais
vraiment au-dessous de tout, que je l'avais bien
trompé, que j'étais une sale traînée. Ce sont ses
mots. Honoré pleurait. J'aurais tout donné pour
pouvoir le consoler, ça me chamboulait le cœur de
le voir comme ça. Mais je ne pouvais pas sortir de
mon palétuvier, par décence. La pétasse de
négresse est revenue chercher Honoré et je ne suis
pas dupe, elle a dû bien le consoler. Le dernier
mot qu'a eu Honoré en partant c'est de dire aux
gamins qu'il fallait m'apprendre à vivre. Les
gamins m'ont jetée à l'eau. J'ai failli me noyer. Ils
étaient une bonne demi-douzaine, le maillot n'y a
plus du tout résisté. Quand ils en ont eu assez de
moi je les ai suppliés de me rapporter ma robe, ou
une serviette au moins, mais pensez-vous, il n'y a
plus d'enfants. Ils m'ont laissée, là, dans l'eau. Je
n'en pouvais plus. L'Aqualand fermait ses portes,
et moi je restais là, toute nue comme une idiote.
Un des grands nègres qui faisaient le maître
nageur est venu, il m'a dit que si je continuais à
mettre le désordre il allait appeler la police. Je
savais bien qu'avec tout ce qui se passe à l'Aqualand il n'allait pas le faire. Je l'ai supplié de me
donner quelque chose à me mettre. Il s'est mis à
rire comme la baleine empaillée qui décore le fond

de la salle. Au bout d'un moment, tout de même, il m'a lancé une sorte de peignoir, mais qui était beaucoup trop petit. Je suis sortie de l'eau comme j'ai pu. A ce moment-là j'ai vu arriver des gendarmes et je me suis dit que c'était la fin, que pour la première fois de ma vie, moi qui avais toujours mené une existence honnête, on allait m'emmener au poste. Je me suis mise à pleurer. Mais les gendarmes ne venaient pas pour moi. Ils accompagnaient plein de messieurs très bien qui débarquaient au bord de la piscine. Et pourtant l'Aqualand était fermé maintenant. Les négresses en string mettaient des colliers de fleurs autour du cou des messieurs, les messieurs leur mettaient des billets de banque dans le string. Tout de suite, des couples se sont formés entre les messieurs et les négresses, et entre les messieurs et les nègres aussi, on voit de ces choses. Il y en a même qui n'ont pas attendu plus longtemps pour faire leurs petites affaires et qui se sont jetés tout habillés dans l'eau avec leur nègre ou leur négresse, j'étais soufflée de voir ça. Pourtant je savais qu'à l'Aqualand ce n'était pas triste dans les soirées privées, mais quand même, dans l'eau et tout. Ensuite quelqu'un a parlé dans un micro, et une grande table chargée de nourriture et de boissons s'est avancée toute seule au bord de la piscine. Les messieurs se sont jetés dessus, d'autres ont ouvert des bouteilles de champagne dans l'eau et ça a giclé partout, au prix où c'est. Une patineuse à roulettes est venu faire un strip-tease sur la passerelle au-dessus de l'eau. Moi, je tremblais d'être découverte, surtout que tous ces messieurs commençaient à être sérieusement ivres, et je le savais avec Honoré, l'alcool dénature complètement les gens. Un homme qui a bu, je le dis pour les jeunes filles à qui on permettrait de lire ce témoignage, un homme qui a bu oublie sa gentillesse naturelle. Sans doute que le mieux pour les jeunes filles de maintenant, je me permets d'énoncer cet avis après tout ce que j'ai vécu, c'est de trouver un bon mari, qui ne boit pas, parce que la vie est dure et une femme ça ne travaille pas comme un homme, et puis ce n'est pas les hommes qui vont s'occuper des enfants, et tous les gouvernements le disent, il n'y a pas assez d'enfants. La patineuse à roulettes a fini son numéro en grimpant toute nue à un palmier pour déployer une immense affiche, et là tout le monde a applaudi. C'était marqué : *Edgar* quelque chose, *pour un monde plus sain*. J'ai essayé d'écouter le discours qui a suivi, mais j'ai toujours eu du mal à me concentrer sur ces affaires-là, c'est parce que je n'ai pas fait tellement d'études. Ce que j'ai compris c'est que le monsieur disait que tout irait mieux ; qu'on était dans une période de mutation très sale mais qu'avec lui on s'en sortirait. J'ai appris qu'il allait y avoir des élections. Edgar, il avait l'air gentil, je me suis dit que je ne risquais rien après tout, que si ça tournait au vinaigre je pourrais toujours lui promettre ma voix. Je suis sortie aussi discrètement que possible de mon palétuvier. Tout le monde était ivre. Il y avait une musique tonitruante maintenant, les lumières se sont éteintes, je me suis dit que ça allait protéger ma fuite. Des rayons laser ou je ne sais quoi ont commencé à tourner et à virer dans la salle, tout le monde se trémoussait et se poussait à l'eau, moi j'avais un peu de mal à me diriger. Je suis tombée en plein dans les pattes d'un type qui n'était pas ivre. Il m'a collé un gros revolver contre la tempe. J'ai cru mourir. Il m'a poussée dans une petite pièce à côté. Des messieurs en gilet pare-balles m'ont posé plein de questions. Je leur ai dit que j'étais venue dîner avec Honoré, qu'il m'avait offert un maillot, que mon maillot avait craqué, mais ça n'avait pas l'air de les satisfaire. Celui qui avait le plus gros revolver a parlé dans un téléphone portable et il a demandé ce qu'il fallait faire de moi. Il m'a regardée et il a dit : « *Non, pas terrible.* » Ça m'a fait mal. Ensuite il a raccroché et il s'est tourné vers ses hommes et il a dit cette autre phrase : « *Les patrons ne nous laissent que les boudins* », il a dit. Ça m'a fait encore plus mal. Mais les hommes m'ont regardée comme si ça leur avait fait mal à eux. J'ai eu très peur. Finalement ils ne m'ont pas tuée. Ils se sont juste un peu amusés avec leurs chiens. Et puis ils ont eu l'air comme qui dirait écœurés et ils nous ont arrêtés juste au meilleur moment. Un des hommes a tiré son revolver et il a dit : « *Il faut abattre cette chienne* », moi je n'avais vu que des mâles. C'est maintenant que je comprends le sens de cette phrase. A ce moment-là un monsieur en costume est entré. Il a demandé ce qui se passait ici, et il m'a relevée assez galamment. Les hommes en gilet pare-balles n'ont rien dit et l'autre excité a rangé son arme. Le monsieur a dit qu'il avait entendu des cris, comme un cochon qu'on égorge. Il m'a regardée avec une espèce de pitié. Il m'a emmenée et il m'a offert un verre de rhum. Ça se voyait qu'il réfléchissait en me regardant. Il m'a demandé comment je me sentais et tout. Et puis il m'a jeté une serviette pour me débarbouiller et il a demandé à une négresse d'aller me chercher une robe. Imaginez un peu, deux robes neuves le même jour. Et jolies encore. Le monsieur a appelé quelqu'un sur son téléphone portable et j'ai vu arriver, vous ne me croirez pas, une de mes anciennes copines vendeuses. Elle n'a rien dit en me voyant mais ça crevait les yeux qu'elle se demandait ce qu'on pouvait bien me trouver, et pourquoi c'était moi qui était là et pas elle à ma place. Elle m'a coiffée en me tirant les cheveux, elle a dit qu'on ne pouvait rien en faire, le monsieur a dit que ce n'était pas grave. « *Plus elle aura l'air péquenaud mieux ce sera* » il a dit. Je n'ai pas osé protester. La vendeuse m'a maquillée. Elle a comme qui dirait accentué le côté rouge fermière de mes joues, je voyais bien qu'elle le faisait exprès, je m'y connaissais maintenant en maquillage. Je n'avais qu'une peur, que le sérum de la dermatologue ne fasse pas effet assez longtemps. La vendeuse m'a aspergée de Loup-Y-Es-Tu en fronçant le nez. Le monsieur a renvoyé la vendeuse, et il m'a fait monter avec lui dans un bureau où il y avait Monsieur Edgar et deux autres messieurs très bien plus deux ou trois filles. « *J'ai trouvé la perle* » a dit le monsieur d'un air triomphant. Alors Edgar et les deux messieurs m'ont regardée d'un air extasié. Ça m'a fait du bien au moral, je ne vous dis que ça. Ils m'ont pincée de partout, ils m'ont regardé le blanc de l'œil et des dents, ils m'ont fait tourner sur moi-même, sourire, et ils ont renvoyé les autres filles. Je me voyais déjà faire une grande carrière dans le cinéma, eh bien je n'étais pas très loin de la vérité. Figurez-vous que deux minutes plus tard il y avait un photographe avec un Polaroïd qui se déchaînait sur moi. Ensuite les messieurs ne se sont plus du tout occupés de moi, ils étaient tous les trois penchés sur les photos. Moi je poireautais, je me demandais ce qu'ils pouvaient bien me trouver. « *Pour un monde plus sain !* » s'est mis à brailler un des messieurs, et ils se sont tous mis à rire très fort. J'ai cru qu'ils se moquaient de moi. Le photographe m'a emmenée chez lui. Toute la nuit il a fallu que je pose pour ses photos, et vas-y que je te change la lumière, et vas-y que je te repoudre le museau. Le sérum de la dermatologue tenait bon, mais j'étais vannée. Toutes ces émotions, je trouvais que j'avais eu mon compte pour la journée. Je bâillais et le photographe m'injuriait, il fallait que je sourie, et que je me tienne de telle et telle façon, je vous demande un peu. Le photographe m'a mise dehors en me fourrant une liasse de billets dans la main. J'ai trouvé ça correct. Tout ce que je regrettais, c'est de n'avoir pas vu la fin de la fête à l'Aqualand, moi qui jamais de ma vie n'avais été invitée à des raouts de cette classe.

Je suis revenue chez Honoré parce que je ne savais pas où aller. J'ai eu une mauvaise surprise. Honoré avait mis toutes mes affaires sur le palier, mes échantillons de produits de beauté, ma lingerie, ma blouse blanche et mon pantalon gris trop étroit. Heureusement que j'avais gagné une robe mettable à l'Aqualand. J'ai rassemblé mes affaires. Là, en ramassant ma blouse par terre, je me suis aperçue qu'elle était tachée de sang. Je l'ai lâchée tout de suite, avec dégoût. Ça a fait un bruit mou sur le sol. Honoré avait égorgé mon petit cochon d'Inde et il l'avait mis dans la poche avant de ma blouse. Je n'ai pas pu reprendre la blouse. J'ai vomi. Il y avait du sang de cochon partout sur le palier, et du vomi. Honoré n'allait pas être content en ouvrant la porte. Je suis repartie, j'avais du mal à marcher. Mes hanches me brûlaient, ma tête était très lourde, je piquais du nez, il fallait que je fasse attention pour tenir le cou droit. Ça me faisait comme une crampe dans la nuque et dans les reins. Je me suis mise à marcher dans la banlieue. Le jour se levait. Dans une poubelle j'ai trouvé deux sacs plastiques pour emballer mes affaires, c'était plus pratique pour marcher. Je me suis arrêtée sur un banc tellement mes articulations me faisaient mal. Ça m'a fait du bien de rester un peu recroquevillée. Les oiseaux ont commencé à chanter. Je reconnaissais les merles, et il y avait même un rossignol du côté des fumées d'Issy-les-Moulineaux. Je ne savais pas jusque-là que j'étais capable de distinguer le chant des rossignols. Il y avait aussi quelques rats qui cherchaient à manger au bord des bouches d'égout, de petites souris jaunes, et un chat à l'affût. J'ai observé longtemps le manège du chat. Ça m'a donné faim. J'avais passé toute la nuit avec seulement de la salade tropicale dans l'estomac, et en plus j'avais tout vomi. Le ciel était gris pâle avec des traînées roses, et les fumées des usines étaient vert vif dans l'aube ; je ne sais pas pourquoi ça me faisait un tel effet, j'étais comme qui dirait émue. Les merles et le rossignol commençaient à se taire, et maintenant c'étaient les moineaux qui pépiaient, les petits dans les nids réclamaient leur pitance. Je me sentais incroyablement éveillée et affamée. J'ai roulé sur le côté et j'ai glissé du banc. Je suis tombée à quatre pattes. J'étais bien plantée dans le sol, ça tenait ferme sous moi, je n'avais plus mal nulle part ; c'était comme un intense repos dans le corps. Alors j'ai commencé à manger. Il y avait des marrons et des glands. A cet endroit de la banlieue on a planté des chênes d'Amérique qui deviennent rouge vif à l'automne. Les glands surtout étaient délicieux, avec comme un petit goût de terres vierges. Ça croquait sous la dent et ensuite les fibres se défaisaient dans la salive, c'était coriace et rude, ça tenait bien au ventre. J'avais un intense goût d'eau et de terre dans la bouche, un goût de forêt, de feuilles mortes. Il y avait beaucoup de racines aussi, qui sentaient bon la réglisse, l'hamamélis et la gentiane, et dans la gorge c'était doux comme un dessert, ça faisait baver en longs fils sucrés. Ça me remontait jusqu'au nez et avec la langue, hop, je me léchais les babines. J'ai vu l'ombre de quelqu'un qui passait et j'ai réussi à me redresser un peu, à faire comme si je cherchais quelque chose. L'ombre a disparu. Mais il y en avait d'autres qui apparaissaient au coin de la rue. J'ai serré les dents et je me suis assise sur le banc. J'ai trouvé un mouchoir en papier dans la poubelle et je me suis essuyé le visage. Il y avait plein de bave et d'éclats de terre dessus. Je n'avais plus faim, j'avais assez mangé. Je suis restée assise un grand moment. Les oiseaux se posaient sur moi et ils essayaient de me picorer les joues, le derrière des oreilles, le coin des lèvres, là où il restait à manger. Ça me chatouillait et je riais dans de grands éclaboussements d'ailes. C'était largement l'heure d'aller travailler. Il y avait de plus en plus d'ombres à passer. Le jour était presque entièrement levé, le ciel était gris et doré. Les gens partaient prendre le métro. Personne ne me regardait, pourtant les gens passaient juste devant le banc, ils contournaient mes sacs plastiques. Ils avaient tous l'air fatigués. Il y avait aussi quelques femmes avec des bébés dans des poussettes, les bébés étaient roses et gras, j'avais comme des envies de me les mettre à la mamelle, ou alors de les pousser du nez, de jouer, de mordre. Le ciel s'agrandissait au-dessus de moi. De là où j'étais, je voyais le haut de la tour où vivait Honoré, les lumières s'allumaient dans le ciel. Je n'arrivais pas à distinguer exactement sa fenêtre mais je l'imaginais mal rasé, malade d'avoir trop bu, peut-être encore avec la négresse pour lui faire du café. C'est triste à dire, mais j'étais mieux là où j'étais. Seulement, la négresse ne saurait sans doute pas lui faire le mélange qui le remettait d'aplomb le matin quand il avait trop bu. Il fallait une vraie femme à Honoré, quelqu'un qui sache s'occuper de lui. Les choses auraient sans doute été plus simples si j'avais accepté de rester à la maison, de faire un enfant et tout ça. J'avais des regrets et j'avais honte aussi de ne pas avoir été à la hauteur, et en même temps j'avais envie de voir la fin du lever de soleil. Je sais que c'est difficile à comprendre, mais je n'avais plus du tout envie de travailler. J'avais tout cet argent dans ma poche, il n'allait pas durer éternellement et j'aurais certes mieux fait de le mettre de côté, mais je me disais aussi qu'une fois que j'aurais payé une nouvelle blouse de travail pour repartir au boulot, il ne me resterait plus grand-chose. Voilà que les pigeons se mettaient à roucouler. Il y avait aussi une pipistrelle très myope qui n'avait pas réussi à retrouver le chemin de chez elle et qui voletait de-ci de-là, gavée de moucherons. J'entendais qu'elle avait peur de se retrouver dehors au soleil, les ultra-sons qu'elle lançait à l'aveuglette vibraient très clairement d'angoisse à mes oreilles. Je ne pouvais pas faire grand-chose pour elle. Mon cochon d'Inde me manquait. Le soleil, curieusement, n'en finissait pas de se lever.

Je discernais de plus en plus mal les fumées d'Issy, les couleurs se brouillaient. Tout ce que je voyais maintenant c'était le fond très rouge du ciel, et tout le reste était en ombres noires et blanches. Je me suis frotté les yeux. J'ai vu normalement à nouveau. J'ai même cru apercevoir la lumière s'éteindre chez Honoré. Quelques minutes plus tard il passait devant moi, il allait prendre le métro puis le train pour aller au travail. Les deux ou trois jours suivants je suis restée sur le banc pour voir passer Honoré. Ensuite le dimanche a dû arriver parce qu'il n'est plus venu. J'ai hésité à aller à la messe. J'avais un étrange sentiment de bien-être et de malaise à la fois, je ne sais pas comment dire ; je pensais que peut-être communier m'aurait fait du bien. Je marchais de plus en plus mal, aussi, et comme je ne touchais pas du tout à l'argent vu que je mangeais et dormais sous les chênes, je me disais que je ferais peut-être bien de me payer un médecin. J'étais de plus en plus persuadée que j'avais quelque chose au cerveau, une tumeur, je ne sais pas, quelque chose qui m'aurait à la fois paralysée l'arrière-train, troublé la vue, et un peu dérangé le système digestif. Je n'essayais même plus de manger autre chose que ce que je trouvais par terre ; ce n'était pas la peine, pour être malade. J'évitais soigneusement de penser à de la viande, à tout ce qui pouvait ressembler à du boudin, sang, jambon, tripes. Ce qui m'a décidée à aller à la messe, c'est qu'on a coupé les chênes pour installer le panneau publicitaire. Les ouvriers n'ont pas fait particulièrement attention à moi, ils ont juste déplacé mon banc pour travailler plus à l'aise. Une tronçonneuse, c'est du rapide. Ça sentait bon le bois frais, mais ça me faisait un peu mal de voir les arbres se raidir de toutes leurs forces puis s'abattre en gémissant. Où est-ce que j'allais habiter, maintenant ? J'ai grignoté quelques copeaux. Un ouvrier m'a donné un bout de son sandwich en disant : « *Si c'est pas malheureux.* » Moi j'ai voulu lui dire merci, mais impossible d'articuler ! Je me suis dit, me voilà bien pour confesse. Le sandwich était au jambon, je l'ai lâché et il est tombé par terre, l'ouvrier n'a pas eu l'air content. Bon, ce qui a fait que je me suis levée de mon banc, et avec quelles difficultés, c'est quand j'ai vu la photo qu'ils ont collée sur le panneau tout neuf. C'était moi. C'est-à-dire qu'au début, je me suis dit que cette personne me faisait penser à quelqu'un. Un des ouvriers me regardait d'un drôle d'air. Ça m'a aidée à comprendre. L'ouvrier m'avait reconnue, ou plutôt je crois qu'il avait reconnu la robe. La robe rendait bien, sur la photo, mieux en tout cas que sur moi parce qu'elle était déjà toute tachée de jus de gland et de terre. La pluie s'est mise à tomber. Ça brouillait un peu ma vue mais je crois que je pleurais aussi. La robe était très belle, rouge avec de petits festons et un tablier blanc sur le devant ; et moi j'avais un peu de mal à me reconnaître, mais le regard sur la photo ne trompait pas. C'est-à-dire que ce que j'ai cru voir d'abord, c'est un cochon habillé dans cette belle robe rouge, un cochon femelle en quelque sorte, une truie si vous y tenez, avec dans les yeux ce regard de chien battu que j'ai quand je suis fatiguée. Vous comprendrez pourtant que j'avais du mal à me reconnaître là-dedans. Ensuite j'ai cru me rendre compte que ce n'était qu'une illusion d'optique, que la couleur très rouge de la robe me donnait ce teint très rose sur la photo, beaucoup plus rose que je n'étais en réalité malgré mes allergies à répétition ; et que cette impression de groin, et d'oreilles un peu proéminentes, et de petits yeux et tout ça, n'était due qu'à l'atmosphère campagnarde qui se dégageait de l'affiche, et surtout à ces kilos en trop que j'avais. Prenez une jeune fille bien saine, mettez-lui une robe rouge, faites-lui prendre du poids et fatiguez-la un peu, et vous verrez ce que je veux dire. Une fois que j'ai eu démonté l'illusion, je me suis effectivement reconnue sur l'affiche. Alors j'ai pris la ferme décision de maigrir, et de me ressaisir un peu. Cette photo m'a aidée à me lever. Cette photo m'a aidée à comprendre qu'il fallait que je me lave, que je quitte ce banc, et que je reprenne les choses en main. Ça me fatiguait à l'avance mais il fallait que je le fasse. En ce sens je dois une fière chandelle à Edgar. J'ai décidé d'aller à la messe. Là, devant l'église j'ai compris que je devenais un peu bête, parce que la messe bien entendu c'est le dimanche, et que je venais de voir travailler des ouvriers. On devait être lundi ou mardi alors, peut-être mercredi. J'avais raté le passage d'Honoré, ou alors je ne l'avais pas reconnu. Je me suis rendu compte que je ne me souvenais plus très bien du visage d'Honoré, j'avais beau me concentrer, son image fuyait dans ma mémoire. L'église était ouverte. J'ai poussé la porte. J'ai fait le signe de croix au-dessus du bénitier et ensuite j'ai voulu m'agenouiller pour prier. Le croirez-vous, je n'arrivais pas à retrouver la suite, après « *Que ton nom soit sanctifié* » ! Je devais avoir l'air tellement désemparée qu'un curé s'est approché de moi et m'a demandé ce que je faisais là. Je lui ai dit que je voulais me confesser. On est entrés dans le machin. Je ne sais pas pourquoi, je me sentais mal à l'aise dans cette église, pour tout dire déplacée. J'avais laissé mes sacs plastiques à l'entrée, je me rendais bien compte qu'ils ne faisaient pas très bon effet. La haute voûte et tout ça, c'était beau mais ça ne me donnait pas l'élévation voulue. C'était peut-être la présence de ce curé. Je l'entendais renifler de l'autre côté de la grille, heureusement qu'ils avaient installé des hygiaphones sinon j'aurais eu peur d'attraper son microbe. Le curé m'a demandé si j'étais malade. J'ai dit que je n'étais pas malade mais que je me sentais bizarre. Le curé m'a dit de prier et de me repentir. Je me suis repentue aussi fort que j'ai pu. Ça faisait très longtemps que je n'étais pas allée à confesse, depuis ma première communion en vérité, mais ça m'avait marquée cette histoire, j'avais senti à l'époque que ça m'avait fait beaucoup de bien de manger le corps du Christ. Je voulais manger ça à nouveau. Mais le curé n'a pas voulu m'en donner. Il m'a dit que je ne lui avais pas tout raconté. Il m'a dit qu'il y avait beaucoup de maladies qui traînaient et qu'elles punissaient seulement ceux qui avaient péché ; et que ça se voyait sur mon visage que j'étais malade. A travers l'hygiaphone je distinguais qu'il pressait un mouchoir contre son nez. Le visage du curé était tout déformé par la double vitre, ça lui faisait des yeux à fleur de tête et un museau de chien, et des sortes de plis troubles, des dédoublements. Le curé me scrutait pour ainsi dire. Je ne voyais pas ce que je pouvais lui raconter de plus. J'essayais de me concentrer, mais je n'y arrivais pas, c'était son regard, au curé, et puis l'odeur de sa robe noire, l'odeur de sa peau aussi. Cette odeur très fade m'arrivait avec une intensité curieuse, de même que l'odeur de l'encens et des

vieux tableaux pendus aux murs, et l'odeur du sal-
pêtre, et celle des rameaux de buis sec. Il faisait
froid et humide dans cette église, et très sombre, je
voyais de moins en moins bien le curé et j'avais
envie d'éternuer, et de me rouler en boule sur mon
siège et de dormir. « *Sortez !* » m'a dit le curé. Je
l'ai payé à travers le guichet et je suis sortie. On
m'avait volé mes sacs, mais ça m'était égal. Être
dehors me faisait du bien. Je n'ai pas voulu voir un
médecin tout de suite, ça faisait assez de réinser-
tion pour la journée. Je me sentais très fatiguée. Je
suis retournée sur mon banc et je me suis recroquevillée. J'ai dormi. Il pleuvait toujours. Quand je
me suis réveillée il y avait une éclaircie dans le ciel
et le soleil était à la moitié de son chemin, le vent
sentait le soir. J'ai eu honte. Ça n'était pas comme
ça que j'allais redevenir un peu présentable, toute
mouillée que j'étais à ne faire que dormir sur mon
banc. Après tout, maintenant que j'avais perdu
mon travail à la parfumerie, il faudrait sans doute
que j'en retrouve un autre dès que ma provision
d'argent serait épuisée. Je me suis levée et j'ai marché autant que j'ai pu. Ma nuque et mes hanches,
et le creux de mes reins, me lançaient. Il fallait que
je m'arrête souvent et que je rentre les épaules
dans la poitrine pour soulager un peu la tension
dans mon dos. Petit à petit je me suis mise à marcher courbée, je me voyais dans les vitrines. J'avais

une drôle de touche. Je suis arrivée à la parfumerie. Je ne savais pas trop ce que je faisais là. J'ai
reniflé dans le vent et j'ai senti l'odeur d'une
femme en sueur parfumée au Yerling, et l'odeur
caractéristique des jours d'affluence, huile de massage et sperme froid. Je me suis assise sur un banc
dans le square. La dame en noir était là, mais elle
n'a pas eu l'air de me reconnaître. J'ai replié mes
jambes sous moi pour avoir moins mal au dos et
j'ai creusé la poitrine. Je sentais mes seins pendre,
ils étaient lourds et douloureux. J'avais du mal à
les porter, c'était peut-être ça qui me donnait si
mal au dos quand je marchais. Du banc on voyait
la vitrine. Pour le moment la parfumerie semblait
vide, on avait tiré le rideau de soie doublée. Il
devait y avoir une séance de massage dans
l'arrière-boutique, dans le beau salon plein de
sofas dorés, de gris-gris de luxe pour la puissance
et de diffuseurs d'encens aphrodisiaque. J'avais
l'impression d'y être, je voyais tout très nettement
dans mes yeux, il suffisait que je fixe le rideau et
j'avais la sensation de voir au travers, de le percer.
Connaissant les exigences du directeur le choix
avait dû être difficile pour me remplacer, il fallait
être à la hauteur. Tout ce que je regrettais, c'est de
ne pas avoir suivi la formation de *chiromancienne*,
je crois que c'est comme ça qu'on dit. C'est-à-
dire, j'avais fait le stage de manucure en cours du

soir et tout, mais le *nec plus ultra* c'était de savoir lire dans les lignes de la main. Comme je n'avais pas fait d'études le directeur m'avait promis de me faire obtenir au moins ce diplôme à la Grande Université du Centre-Ville, où il avait des relations. Pour le directeur cela aurait encore augmenté le standing de sa chaîne d'avoir des vendeuses diplômées. Ça avait au moins ça de bon, la parfumerie, une formation solide, et quand on y pensait ce n'était pas un mauvais métier. Ça me rendait triste de me dire que désormais je resterais bête et inculte. Je me demandais ce que j'allais devenir, mais quand je touchais la liasse de billets dans ma poche ça me rassurait, je me disais que j'avais le temps d'y réfléchir et que finalement j'étais tout de même arrivée à quelque chose dans la vie. La vitrine s'est illuminée à travers le rideau et j'ai flairé la vendeuse qui m'avait soi-disant coiffée, à l'Aqualand. En plus d'arrondir ses fins de mois là-bas cette garce avait monté en grade à l'intérieur de la chaîne et m'avait donc piqué ma place. Ça m'a fait mal de voir comme elle était belle et comme le client qui l'accompagnait lui bourrait le derrière avec satisfaction. Malgré le rideau je voyais, j'avais comme un sixième sens bizarre, de nouveaux yeux. Le client était un ancien client à moi, un de ces clients très chic et très vieux avec des goûts très vicieux et qui paient très cher pour les onguents, les godemichés et les gris-gris de luxe. Je le devinais derrière le rideau, c'était lui et pas un autre, un des meilleurs clients de la boutique ; je percevais une sorte d'odeur de vieux papier et comme un tremblement de l'air autour de lui. Après tout, la vendeuse, si ça lui plaisait comme clientèle, je la lui laissais sans regret. Et puis j'ai senti une présence connue qui descendait du bout de la rue, et j'ai vu le marabout se diriger vers la boutique. Depuis quelque temps il fournissait la chaîne en produits africains, il savait se faire discret vis-à-vis de la clientèle chic et il avait abandonné ses affreux vêtements indigènes. En échange le directeur faisait des prix au marabout sur les crèmes ultra-blanchissantes pour peaux noires de chez Loup-Y-Es-Tu, et sur tous les services proposés par les vendeuses de la chaîne. Je voyais qu'il en profitait, le cochon, ça me faisait un peu mal quand je repensais à l'excellente semaine que nous avions passée ensemble. Cette pétasse de vendeuse, qu'on pouvait renifler à cent mètres comme toutes les rouquines, et ça malgré tous les Yerling du monde, je me demande ce que le marabout pouvait bien lui trouver. Le marabout vendait ses talents de médium, pourtant il est passé devant moi sans me voir alors que moi je l'avais tout de suite détecté dans la rue. Ça m'a déçue de sa part. Mais à ma grande surprise le marabout n'est pas entré dans la boutique. Il s'est assis à côté de la dame en noir. Ils ont parlé longuement tous les deux, et puis ils sont partis ensemble. Le square est resté vide. Je me suis sentie tout à coup extraordinairement seule. J'ai entendu un petit grincement familier, à peine perceptible pourtant. C'était le rideau électrique de la boutique qui fermait. J'ai senti le parfum de la sueur et du Yerling se mouvoir dans la rue. Le soleil se couchait. J'y voyais très mal à nouveau, trouble, comme si j'étais atteinte de la myopie des pipistrelles. Les pipistrelles s'éveillaient autour de moi. Ça faisait un vacarme d'enfer. J'entendais, en haut des arbres, les plumes des moineaux se froisser dans leur sommeil précoce, leurs paupières battre soyeusement dans les derniers réflexes de la veille, et je sentais leurs rêves glisser sur ma peau avec les derniers rayons du couchant. Ça faisait des rêves d'oiseaux partout dans l'ombre tiède des arbres ; et des rêves de pipistrelles partout dans le ciel, parce que les pipistrelles rêvent même éveillées. Ça m'émouvait tous ces rêves. Un chien s'est approché de moi pour pisser et j'ai senti qu'il voulait me parler pour ainsi dire, et puis il s'est ravisé et a rejoint prudemment son maître. J'ai senti la solitude au creux de la poitrine, là, avec violence, avec terreur, avec jouissance ; je ne sais pas si vous pouvez comprendre tout ça en même temps. Il n'y avait plus rien qui me retenait dans la ville avec les gens. J'aurais pu m'envoler comme les oiseaux si je n'avais pas été si lourde. Mais mon derrière, mes seins, toute cette chair m'accompagnait partout. En plus de la douleur dans l'échine j'avais mal dans la poitrine, je ne voulais pas soulever ma robe pour voir où en étaient les taches, et ma nouvelle mamelle tirait douloureusement sous la peau, comme à la puberté. Je me suis courbée en avant et toute cette douleur a disparu. Ma robe tenait raide autour de moi, elle sentait bon la sueur fraîche, la chair vivante, le sexe chaud. Je me suis roulée dans mon odeur pour me tenir compagnie. Les oiseaux se sont tus. J'ai senti la nuit tomber sur ma peau. J'ai glissé du banc et j'ai dormi là, par terre, jusqu'à l'aube. Il y avait les rêves des oiseaux dans mes rêves, et le rêve que le chien avait laissé pour moi. Je n'étais plus si seule. Je ne rêvais plus de sang. Je rêvais de fougères et de terre humide. Mon corps me tenait chaud. J'étais bien. Quand le soleil s'est levé j'ai senti la lumière couler le long de mon dos et ça a fait du jaune vif dans ma tête. Je me suis dressée sur mes pattes. J'ai secoué la tête et étiré les jarrets. Sous mon visage, mes deux mains étaient plantées dans le sol. Elles n'avaient plus que trois doigts. J'ai mis tout mon poids sur la main gauche et j'ai pu dégager la droite. J'ai secoué la terre qui la maculait, je me suis tout entière ébrouée. Ma main avait cinq doigts à nouveau. J'avais mal vu, mais j'ai eu très peur tout à coup. J'ai repensé à ce que je n'avais pas voulu voir dans le miroir du marabout, à la petite queue vissée en spirale sur mon derrière. Je me suis mise à trembler. Ma main était comme engourdie, recroquevillée, et je n'arrivais pas à l'ouvrir entièrement. J'ai secoué la main gauche, et j'ai vu que le petit doigt, l'*auriculaire* comme on dit, avait raccourci. L'ongle était long et dur, très épais, et tous les autres ongles pareil. Je ne les avais pas manucurés depuis longtemps il faut dire, mais pour l'auriculaire on aurait presque dit qu'il manquait une phalange, ou que du moins le bout du doigt s'était comme atrophié en corne dure. Pour le stage de chiromancienne, alors, je n'avais plus rien à regretter. J'ai pris une profonde inspiration et je me suis dressée, ça m'a presque arraché un cri. Le soleil montait dans le ciel. Ma robe était toute déchirée par les buissons, j'avais dû beaucoup ruer dans mon sommeil.

J'ai eu très envie d'aller prendre une douche quelque part. La clé de chez Honoré, je l'avais perdue avec mes sacs à l'église. La petite salle d'eau de la parfumerie, avec jacuzzi et huiles de senteur, je risquais de la trouver occupée même à l'aube, car elle servait souvent aux *extras*. On pouvait aussi trouver des inconvénients à ce métier, c'est sûr, la fatigue, le surmenage. J'avais une étrange sensation de flottement. Il y avait de la boue partout dans les rues à cause des averses de la veille et de la *dégradation chronique de la voirie*. Je marchais péniblement en essayant d'éviter les flaques pour ne pas salir un peu plus ma pauvre robe, et je réfléchissais à un hôtel possible, pas trop cher, le long du périphérique peut-être. Mais la boue, je ne sais pas, ça me tournait la tête pour ainsi dire. J'ai fait quelques centaines de mètres et je me suis assise sur un banc, dans un tout petit square près d'un parking. Il y avait une femme assez jeune qui essayait de plier une poussette pour la faire entrer dans le coffre de sa voiture. Le bébé était posé par terre dans un siège-auto, au milieu d'un tas d'affaires, des valises, des paniers, un couffin, des jouets, des paquets de langes. Je me suis approchée. La femme avait l'air très fatiguée, elle était bouffie du visage avec des plaques rouges sous les yeux. Le bébé poussait des cris aigus. J'ai voulu lier conversation mais je n'ai rien pu articuler. Voilà des jours et des jours que je n'avais pas parlé, depuis que je n'avais rien trouvé à dire au curé. J'ai ouvert la bouche, mais je n'ai réussi qu'à pousser une sorte de grognement. Le bébé m'a regardée bizarrement et ses sanglots ont redoublé. La femme a pris comme qui dirait peur en me voyant.

Elle a rabattu le coffre de sa voiture en écrasant à demi la poussette et elle a pris le siège-auto dans ses bras, on ne la voyait presque plus derrière. Je me suis penchée sur le bébé. Je l'ai flairé. Il sentait bon le lait et l'amande. Je ne sais pas, ça m'aurait fait du bien de me coller contre les jambes de la femme et qu'elle me parle gentiment, et peut-être d'accompagner ces deux personnes où elles allaient. J'ai poussé le bébé d'un coup de nez, la femme s'est mise à crier et le bébé, lui, je ne sais pas s'il riait ou s'il pleurait. Il me semble, comment dire, que ça m'aurait été facile de le manger, de planter mes dents dans cette chair bien rose, ou alors que la femme me le donne et que je l'emmène avec moi. Il sentait tellement bon, il avait l'air tellement facile à rouler sur le sol, comme un gros culbuto. La femme a hurlé et elle est partie à toutes jambes avec le siège-auto dans les bras. Elle a laissé toutes les affaires par terre. Je me suis mise à fouiller du nez. Il y avait un biberon tout prêt, je l'ai liché en deux secondes, c'était tiède et sucré. Le gros paquet de langes propres, je l'ai tout déchiqueté du museau, et dans un panier j'ai trouvé des pommes délicieuses qui m'ont fait bien plaisir. J'ai éventré les valises mais il n'y avait que des vêtements dedans. J'ai mâché quelques jouets en plastique pour me faire les dents, et puis j'ai cassé des petits pots pour voir si c'était bon. Ce n'était pas mauvais, ça m'a fait des protéines. Je me suis un peu coupé la langue à lécher les éclats de verre et j'ai dû en avaler quelques-uns aussi, je sentais que ça se pulvérisait sous mes molaires. J'ai roté et je me suis assise par terre. En voyant devant moi cette voiture et toutes ces choses abandonnées, j'ai eu comme un éclair de compréhension et je me suis dit que cette femme devait quitter sa maison pour de bon en emmenant son bébé et ses affaires et en laissant derrière elle je ne sais quel mari. Ça m'a fait de la peine de lui avoir compliqué les choses. Je me suis rapprochée de la voiture et j'ai essayé de remettre un peu d'ordre, mais ça ne marchait pas. En désespoir de cause j'ai tout piétiné et j'ai tiré avec les dents un vêtement qui dépassait d'une valise, je me suis dit que ça ferait l'affaire pour remplacer ma robe sale. J'ai traîné le vêtement vers le banc. Je l'ai posé dessus aussi soigneusement que j'ai pu. Et puis j'ai vu une flaque, sous le banc. Une belle flaque avec de la boue bien tiède sous le soleil et de l'eau de pluie fraîchement tombée. Je me suis allongée dans la flaque et j'ai étiré les pattes, ça m'a fait un bien fou aux articulations. Ensuite je me suis roulée plusieurs fois dedans, c'était délicieux, ça faisait du frais sur ma peau irritée et ça détendait tous mes muscles, ça me massait le dos et les hanches. Je me suis à moitié assoupie. J'étais toute parfumée à la boue et à l'humus et j'avais le nez à contresens du vent, une grossière erreur. Je n'ai pas senti venir les gens. Heureusement, ce sont eux qui se sont arrêtés. J'ai perçu leur présence à temps et je me suis retournée. C'était la femme, le bébé, et un gendarme. « *C'est monstrueux !* » a dit le gendarme. Et il a dégainé son arme en tremblant. Ça m'a sauvée, qu'il tremble. J'ai juste eu le temps d'emporter la robe dans mes dents, et de courir, courir, de traverser le boulevard entre les voitures qui klaxonnaient. Je me suis cachée sous une porte cochère. J'ai eu un mal fou ensuite à sortir de ce quartier parce qu'ils avaient bouclé les rues et organisé une battue avec des chiens. Heureusement j'ai vu de très gros rats sortir d'une plaque d'égout mal scellée, je l'ai poussée du nez et j'ai pu entrer sous la terre. Je ne sais pas combien de temps j'ai passé dans les égouts. On n'y était pas si mal. Il faisait chaud, il y avait une bonne boue bien couvrante. Je suis ressortie une nuit. Je voulais partir à la campagne, je sentais que j'y serais mieux. Je commençais à avoir faim sous la terre, je ne mange pas comme les rats tout de même. La rue où j'étais ressortie était pleine d'affiches électorales collées aux murs. Il y avait celles de *mon* candidat si je puis dire, souriant en médaillon à côté de moi, et ce soir-là sous la lueur des lampadaires je me suis trouvée pas mal du tout, fraîche et rose. C'était le maquillage bien sûr,

et les *spotlights*, mais ça m'a fait du bien au moral
de voir que tout de même j'étais photogénique
dans ma petite robe, et que je faisais gironde et
saine. *Pour un monde plus sain*, c'était écrit en gros
entre Edgar et moi. Je me suis dit que c'était un
slogan *de circonstance* ; je veux dire, je sortais des
égouts. Je n'avais pas perdu tout sens moral. Allez,
je me suis dit, on va faire un effort. J'ai retrouvé
dans le fond de ma tête cette vieille idée d'aller
prendre une douche, et dans le fond de mes
poches la liasse de billets, un peu humide mais
intacte. J'ai pris une grande inspiration. J'ai poussé
un cri comme les karatékas, et han ! je me suis
redressée. La douleur dans les reins m'a coupé le
souffle. Quand j'ai vu ma robe, toute tendue
devant moi et gonflée par mes six mamelles, surtout comparée à comme elle était fraîche et jolie
avant sur la photo, ça m'a fait un peu mal. J'étais
quand même dans un drôle d'état. *Une douche*, j'ai
répété dans ma tête. J'ai marché aussi vite que j'ai
pu. Je suis entrée dans un hôtel en bordure du
périphérique. J'ai mis un billet dans un distributeur et j'ai reçu une sorte de carte magnétique qui
ouvrait la porte de la chambre et celle de la salle
de bains. L'hôtel avait l'air désert, mais c'était
parce que tout était fait par les cartes magnétiques.
Je me suis déshabillée dans la chambre, la douche
était juste à côté. J'ai enlevé un peignoir tout

propre de son emballage plastique, avec marqué *with compliments*, et je suis allée prendre une douche. J'ai frotté fort. L'eau, au début, ça m'a fait bizarre, ensuite j'ai bu tout mon saoul et je me suis dit que ça ressemblait à la pluie. Je me suis ébrouée et roulée un peu sur le carrelage, mais c'était froid et dur. Le savon *with compliments* m'a rappelé la parfumerie, et aussi les racines les plus délicieuses, il sentait bon l'hamamélis. J'en ai croqué un bout mais pour le coup, c'était dégueulasse. Je me suis demandé ce que j'aimais le plus, les racines ou la parfumerie. En tout cas les égouts c'était quand même trop sale, et surtout ça manquait de lumière. Il y avait toujours les crocodiles à craindre, aussi. J'ai pleuré un peu, sous la douche, ça m'a comme qui dirait détendue. Je n'arrivais pas à savoir ce qu'il fallait que je fasse après. L'hôtel ressemblait à une sorte de sas entre la ville et le périphérique. Tout y était automatique. Je voyais par ma fenêtre des gens entrer et sortir. J'évitais soigneusement de les croiser, ils avaient tous l'air de savoir où ils allaient, quoi faire après. Moi je ne faisais rien, je regardais la télévision, je prenais des douches. Par la fenêtre je voyais les fumées d'Issy-les-Moulineaux, quelques oiseaux dans le ciel, des parkings immenses, des supermarchés. J'ai passé plusieurs jours dans cet hôtel, étendue sur mon lit entre deux douches. Je descendais une fois par jour mettre un billet dans le distributeur. Dans le miroir de la chambre, je prenais plaisir à me regarder. J'étais toute propre. Je me reposais. Je restais sur mon lit et je n'avais plus mal au dos. J'avais moins de bouffissures sur le visage. Je m'efforçais de retrouver figure humaine, je dormais beaucoup, je me coiffais. Mes cheveux étaient presque tous tombés dans les égouts mais ils repoussaient maintenant. Je rognais mes ongles, je rasais mes jambes, et je voyais mes mamelles dégonfler, devenir de moins en moins visibles, il ne restait plus que les taches foncées des mamelons. J'avais même lavé ma robe en prévision d'un jour où je sortirais. Peu à peu j'ai lié connaissance avec l'homme de ménage. J'avais beaucoup maigri, à rester là sans bouger. On s'est mis d'accord par signes avec l'homme de ménage, il m'a monté des hamburgers tous les jours. Le steak à 80% de soja passait bien, et la salade, le ketchup, je me suis mise à prendre du poids un peu plus harmonieusement. Au bout d'un moment je n'ai plus eu de billets à mettre dans le distributeur, alors je me suis arrangée avec l'homme de ménage qui a cassé la serrure magnétique de ma chambre et a eu droit de venir me voir deux fois par jour. Il m'a même expliqué comment prendre des douches gratuites en coinçant la porte avec ma carte périmée, mais j'ai failli me noyer, il ne m'avait pas prévenue que ça se désinfectait automatiquement après chaque passage. Je me suis payé une belle allergie aux produits, mais il m'a gentiment soignée. Comme il parlait arabe la conversation n'était pas un problème, on ne se disait rien, on se faisait des signes, on s'aimait bien. Je ne sais pas comment ça se fait, au bout d'un moment j'ai pu entrer à nouveau dans mes vieux vêtements ; je veux dire, celui que j'avais volé dans la voiture de la femme m'allait assez bien, me seyait même à la taille. C'était peut-être la douche, ou les hamburgers, ou dormir dans un vrai lit, ou alors le contact quotidien avec l'homme de ménage. Il est devenu amoureux de moi, l'homme de ménage, il faut dire que j'étais assez appétissante à nouveau, et moi j'aurais bien passé le reste de mes jours dans cet hôtel avec lui. Dans ma chambre je mettais des fleurs que j'allais cueillir le soir le long du périphérique, je ne les mangeais pas ni rien. L'homme de ménage faisait le ménage tous les jours, c'était tout propre chez moi. Un jour il m'a offert un photomaton de lui et je l'ai accroché au mur. Ça devenait *cosy*. Je me suis retrouvée enceinte, pour le coup ça ne faisait aucun doute. J'ai réussi à comprendre le nom de l'homme de ménage mais pas à le répéter, ce qui fait qu'hélas je l'ai oublié aujourd'hui. Il était aux petits soins avec moi depuis qu'il avait compris mon état. *Edgar* je ne sais plus quoi a gagné les élections. J'ai vu ça à la télé, il posait devant mon affiche et il avait l'air tout réjoui. J'étais contente pour lui. J'ai pu comparer mon visage à la télé et mon visage dans le miroir de la chambre, j'étais redevenue tout à fait présentable. Je me suis dit que ce serait une bonne idée si j'allais trouver Edgar pour lui demander du travail, que puisque j'étais leur figure de proue, leur *leader charismatique* en quelque sorte, le parti d'Edgar m'en fournirait sûrement. Finalement je m'étais fait de sacrées relations, j'avais parié sur le bon cheval en misant sur Edgar. J'ai décidé de faire un effort de présentation supplémentaire. Je me suis donné une semaine pour perdre d'autres kilos, me redresser complètement, parvenir peut-être à me maquiller un peu et à articuler. Je refusais désormais les hamburgers de l'homme de ménage et il voyait d'un très mauvais œil que je ne me nourrisse plus que de salade. Je suis devenue moins rougeaude. Mes premières semaines de grossesse me fatiguaient et me creusaient les joues. Et puis les gendarmes sont venus à l'hôtel et ils ont embarqué l'homme de ménage. Je ne l'ai plus jamais revu, sauf une fois à la télé, on le faisait monter dans un avion avec d'autres gens devant des mitraillettes et il pleurait. Ça m'a fait de la peine, mais c'étaient les premières mesures du programme d'Edgar. Comme ils n'ont retrouvé personne à l'hôtel pour nettoyer les toilettes et les lits et tout ça, l'hôtel est devenu très sale. Il n'y avait que les douches à désinfection automatique qui fonctionnaient encore, mais souvent elles tombaient en panne et noyaient quelques clients. On est venu fermer l'hôtel et je me suis retrouvée à la rue. Je me suis dit que puisque Edgar avait viré tous les arabes il allait me donner facilement du travail, cet Edgar c'était le bon cheval. Mais je ne sais pas ce qui s'est passé, l'émotion peut-être de me retrouver dehors, ou alors le départ de l'homme de ménage, j'ai été prise de crampes terribles au beau milieu de la rue. Je me suis recroquevillée et j'ai vu que je perdais beaucoup de sang. Je me suis évanouie. Le *SAMU-SDF* est arrivé et c'est eux qui m'ont réveillée. Je me sentais bizarre. Le gendarme qui était avec eux a dit : « *Mais c'est la SPA qu'il faut appeler !* » A côté de moi par terre il y avait six petites choses sanglantes qui remuaient. Vu la forme que ça avait j'ai bien vu que ça ne ferait pas long feu. Le gendarme a voulu s'approcher et j'ai montré les dents. Les gens du *SAMU-SDF* n'osaient pas s'emparer de moi. Je me suis relevée avec difficulté, j'avais très mal au ventre. J'ai mis les six petites choses dans ma gueule, j'ai défoncé une plaque d'égout et je suis descendue sous terre. J'ai léché les petites choses le plus soigneusement possible. Quand elles sont devenues froides, ça a fait comme si ça ne pouvait plus continuer en moi. Je me suis roulée en boule et je n'ai plus pensé à rien.

Là où j'ai repris le dessus, c'est quand il y a eu cette invasion de piranhas. Tout le monde a fichu le camp. J'ai bien été obligée de partir moi aussi. Il y a de plus en plus de gens maintenant qui adoptent des animaux incroyables et puis quand ils en ont assez, hop ! dans les égouts. Quand j'ai vu les piranhas et que j'ai senti les premières morsures, ça a fait comme une onde de terreur en moi, je n'ai plus du tout contrôlé ce que je faisais et j'ai fui vers le dehors. Je ne savais pas que je tenais encore à ce point à la vie. Ça m'a comme qui dirait réveillée. Mes neurones se sont remis en place. A l'extérieur, à l'air, j'ai réussi à me calmer, à retrouver quelque peu mes esprits. J'ai pu me remettre debout. Il devenait urgent de trouver des vêtements si je devais à nouveau marcher dans cette ville, et je me suis acoquinée avec un groupe de clochards. Ç'a été un peu dur au début. Moi, j'avais une bonne odeur franche et forte, ça les enivrait ce parfum de campagne ; mais l'odeur des citadins pas lavés, j'avoue que j'ai du mal. Et puis ça faisait longtemps qu'ils n'avaient pas côtoyé une femme, surtout aussi mafflue que moi. Ils en ont profité, ça se comprend. Ils m'ont quand même donné une espèce de gabardine, et un peu à manger. Le soir, au bord des rails où ils dormaient, le grand jeu c'était d'échapper au *SAMU-SDF*, mes potes les clochards ne voulaient surtout pas qu'on les embarque. Avec moi ils avaient tout ce qu'ils voulaient finalement, en plus je faisais leur tambouille, et je n'étais pas bavarde, je les comblais pour ainsi dire. J'ai retrouvé une certaine dignité à vivre avec eux. Ceux qui avaient voté avaient choisi Edgar et ils attendaient qu'Edgar vienne les voir. J'ai fait sensation quand j'ai réussi à articuler que je connaissais Edgar. Je ne sais pas ce qui les a le plus épatés, que je parle tout à coup, ou que je connaisse Edgar. J'ai voulu leur donner une preuve, on a trouvé une vieille affiche toute miteuse collée sur un mur de la gare, mais ils ont eu beau comparer, ils ne me reconnaissaient pas. Moi je me reconnaissais très bien, ça m'a rendue triste qu'ils ne me reconnaissent pas. Le soir j'ai eu droit à une raclée pour avoir menti. Pour une fois que je parlais. J'en ai eu un peu marre de mes potes les clochards. Pour leur apprendre, je me suis dit qu'il fallait que je retrouve Edgar et que je revienne les voir bien habillée et bien coiffée avec un tout nouveau travail. Un soir je leur ai faussé compagnie et je suis montée dans la camionnette du *SAMU-SDF*. Là ils m'ont dit que les seuls métiers publics accessibles aux femmes désormais c'était assistante privée ou *accompagnatrice de travels*. Toutes les parfumeries allaient être fermées pour le respect des bonnes mœurs et je me suis fait du souci pour le directeur de la chaîne. Mais ils m'ont dit qu'en connaissant les bonnes personnes je parviendrais sans doute à trouver une place de nourrice dans les beaux quartiers, ou de masseuse du Palais, seulement il fallait être très jolie pour ça. Ça m'a un peu vexée qu'ils se croient obligés de préciser. Ils m'ont aussi dit qu'eux, le *SAMU-SDF*, ils allaient bientôt disparaître, que je faisais bien d'en profiter maintenant, qu'ils allaient me donner à manger chaud et des vêtements corrects. Le chauffeur m'a dit que si j'avais besoin de tomber enceinte pour devenir nourrice il pouvait me proposer ses services. C'est là que j'ai compris que rien n'était encore perdu et que je pouvais encore plaire dans mon genre. Mais je n'ai pas réussi à tomber enceinte. Ça devait être au mauvais moment par rapport à mes chaleurs, je ne saisissais toujours pas très bien le mécanisme. Je suis restée plusieurs jours au *SAMU-SDF*. Les gendarmes sont venus me faire des papiers en règle en échange d'informations sanitaires sur mes potes les clochards. Quand je suis revenue au bord des rails pour me montrer toute bien habillée et propre, je n'ai plus retrouvé les clochards, il n'y avait que des cendres et des bouts de vêtements calcinés au bord des rails. J'ai cherché partout mais sans doute les clochards étaient partis le long des rails comme ils en parlaient souvent. Moi le bout des rails, ça me faisait rêver. Je me suis assise au bord de la voie et j'ai essayé de réfléchir à mon avenir. Je me suis dit que si par le biais d'Edgar je n'arrivais à rien je me mettrais à marcher le long des rails, parce qu'au bout il y avait forcément la campagne et des arbres. Le soir au *SAMU-SDF* il y avait de plus en plus de gens qui se réunissaient et qui criaient très fort, on m'a demandé si je pouvais cacher des armes sous mon matelas, que personne ne se douterait de rien avec moi. J'ai trouvé que ça sentait le roussi. Les gendarmes sont venus et ont définitivement fermé le *SAMU-SDF*. Ils n'ont pas trouvé les armes mais ils ont abattu des gens devant la porte et moi ils m'ont embarquée comme contraire aux bonnes mœurs. Et pourtant j'avais des papiers en règle. D'avoir vu mourir les gens, ça m'a fait quelque chose, je me suis mise à pousser des cris qui me montaient du fond du ventre comme quand mes enfants sont morts. Les gendarmes ont voulu me mettre des claques et j'ai vu leurs yeux s'arrondir. Je me suis vue dans le rétroviseur et j'ai compris qu'ils avaient peur de moi, je reprenais à nouveau cette drôle de touche rose avec un gros pif et de grandes oreilles. Les gendarmes n'ont plus voulu me toucher et je me suis retrouvée dans une ambulance. Mes cheveux sont tous tombés, à l'asile, mais je pouvais jouer avec mes oreilles comme autrefois avec mes cheveux, coquettement. Personne ne voulait s'occuper de moi. Je ne pouvais plus du tout marcher debout et je dormais dans mon caca, ça me tenait chaud et j'aimais bien l'odeur. Je suis devenue copine avec pas mal de monde. Personne ne parlait là-dedans, tout le monde criait, chantait, bavait, mangeait à quatre pattes et ce genre de choses. On s'amusait bien. Il n'y avait plus aucun *psychiatre* parce qu'un jour les gendarmes les avaient tous embarqués et même certains de leurs corps pourrissaient dans la cour, on avait entendu des coups de feu. On faisait une sacrée bamboula là-dedans, je vous jure, personne n'était là pour nous embêter. Moi, de temps en temps, ça me faisait comme un éclair, je me disais qu'il fallait que j'aille voir Edgar. Le problème, c'est que les grilles étaient fermées par des chaînes, et qu'on n'avait plus rien à manger. Certains d'entre nous commençaient à avoir sérieusement faim. Moi, avec mes réserves ça allait, mais j'en voyais qui lorgnaient sur moi avec le même regard que les piranhas dans les égouts. Ça m'a fait peur. Alors c'est moi qui ai montré l'exemple. Je suis allée renifler les corps dans la cour et ça m'a paru tout à fait bien. C'était chaud, tendre, avec de gros vers blancs qui éclataient en jus sucré.

Tout le monde ou presque s'y est mis. Moi, tous les matins, je fourrais mon museau dans les panses, c'est ce qu'il y avait de meilleur. Ça fouissait et ça grouillait sous la dent, ensuite je me faisais rôtir au soleil. Ça me faisait mon petit-déjeuner. On n'avait pas intérêt à venir m'embêter alors. Il y avait seulement quelques maigres rabat-joie autour de nous pour lever les bras au ciel et tomber à genoux et dire qu'on serait damnés c'est là que j'ai reconnu mon illuminé du jour de l'avortement. Lui ne m'a pas reconnue. Ça commençait à faire beaucoup, tous ces gens qui ne voulaient pas me reconnaître. J'ai décidé de me laver de temps en temps au dernier lavabo qui gouttait encore. Il fallait donner des coups de rein et des coups de dents pour s'en approcher, mais quand j'avais bien fait peur à tout le monde je pouvais jouir d'une certaine paix. C'est comme ça que derrière les carreaux ébréchés du lavabo j'ai trouvé des livres, et ensuite j'en ai trouvé partout, une infection, il y en avait jusque dans mon matelas. J'ai essayé de les manger, au début, mais c'était vraiment trop sec. Il fallait des heures et des heures de mastication. C'est en arrachant des feuilles pour voir ce qu'on pouvait en faire que je suis tombée sur le nom d'Edgar. A force de le voir sur toutes mes affiches, c'était facile pour moi de reconnaître ce nom-là. Ça m'a intriguée, ce nom, peut-être qu'on parlait aussi de moi dans le livre ? J'ai eu du mal au début et puis c'est revenu très vite, les autres lettres se sont formées rapidement. Edgar, je ne vous dis que ça, il en prenait pour son grade. Je me suis mise à lire tous les livres que je trouvais, ça faisait passer le temps et oublier la faim parce qu'on était rapidement venu à bout des cadavres. J'étais assise sur mon derrière toute la journée dans le grenier maintenant, et le soir je m'étais trouvé un matelas pas trop sale pour dormir sous la soupente. Je me reposais, mes cheveux repoussaient. Parfois le matin je me levais trop vite et je me cognais la tête au plafond, j'avais de nouveau ce réflexe de me tenir sur les pattes arrière. C'est un soir alors que je lisais qu'ils ont essayé de m'attraper. Il n'y avait plus rien du tout à manger dans l'asile, alors moi forcément, en comparaison, je devais rester assez appétissante. Ils ont eu comme un moment d'hésitation en me trouvant assise à lire dans le grenier. Ça faisait longtemps qu'ils ne m'avaient pas vue, et il faut dire que j'avais maigri moi aussi. C'était l'illuminé qui était à leur tête. Quand il m'a distinguée dans la pénombre il est devenu tout blanc. « *Vade retro ! Vade retro !* » qu'il a dit. Peut-être qu'il m'avait enfin reconnue. J'ai compris que je ne ressemblais plus à quelque chose d'assez comestible pour qu'ils me mangent là tout de suite, et que je ferais mieux d'en profiter pour mettre les voiles avant que ça tourne à la boucherie organisée. Je me suis ruée dans la cour et j'ai découvert que je courais à nouveau plus vite debout qu'à quatre pattes, et que mes mamelles ne ballottaient plus. J'avais emporté un livre dans ma bouche mais j'ai pu le prendre à la main pour mieux respirer, et je me suis cachée dans l'ancien *mess* des psychiatres. Là j'ai trouvé une blouse blanche pour m'habiller. Ça m'a rappelé de vieux souvenirs, la nostalgie m'a presque mis les larmes aux yeux. Dans la poche de la blouse il y avait un billet de vingt euros et des clés. J'ai pu ouvrir les grilles *incognito* à la nuit tombée. Accroché aux grilles j'ai trouvé le corps inanimé de l'illuminé, il s'était effondré de faim. J'ai eu pitié de lui. Je l'ai traîné dehors et je l'ai laissé en évidence sur le parvis d'une église, je me suis dit qu'avec un peu de chance on le reconnaîtrait. Il a fait bien du chemin par la suite, vous allez voir ça un peu, et il ne m'a jamais remerciée. Pourtant je lui ai sauvé la vie. Le lendemain j'ai trouvé dans une poubelle un journal qui se félicitait de la décision qu'Edgar avait prise de nettoyer l'asile à grands coups de *napalm*. Ça sentait encore drôle dans l'air, il y avait des cendres qui voletaient partout dans le quartier comme une neige pas saine. La commerçante chez qui j'ai acheté un bout de pain m'a dit qu'elle était bien contente, que ça faisait du tort aux affaires ce *foyer d'infection.* Il y avait une rafle au bout de la rue mais heureusement j'avais gardé mes papiers et puis j'avais l'air sérieux dans ma blouse blanche. J'ai dit que j'étais infirmière. On m'a laissé passer. Je pouvais articuler à nouveau, c'était sans doute d'avoir lu tous ces mots dans les livres, ça m'avait fait comme qui dirait un entraînement. Je me suis installée dans un café et j'ai terminé le livre que j'avais emporté caché sous ma blouse. C'était un livre de *Knut Hamsun* ou quelque chose. Ça racontait des animaux disparus, des baleines, des harengs, et puis de grandes forêts et des gens qui s'aimaient et des méchants qui leur prenaient tous leurs sous. Ça me paraissait bien, à moi, comme livre, mais il y a une phrase qui m'a fait tout bizarre, ça disait, je m'en souviens encore par cœur : « *Puis le couteau s'enfonce. Le valet lui donne deux petites poussées pour lui faire traverser la couenne, après quoi, c'est comme si la longue lame fondait en s'enfonçant jusqu'au manche à travers la graisse du cou. D'abord le verrat ne se rend compte de rien, il reste allongé quelques secondes à réfléchir un peu. Si ! Il comprend alors qu'on le tue et hurle en cris étouffés jusqu'à ce qu'il n'en puisse plus.* » Je me suis demandé ce que c'était qu'un *verrat*, ça m'a mis comme une mauvaise sueur dans le dos. J'ai préféré en rire, parce que sinon j'allais vomir. Dans le café on m'a regardée de travers parce que je riais bizarre et on a lorgné sur mon livre. J'ai compris qu'il valait mieux que je m'en débarrasse. D'ailleurs cette phrase elle me paraissait un tantinet *subversive* comme on disait dans le journal que j'avais lu. Alors ça m'a donné une idée. Je me suis dit que je n'avais qu'à apporter le livre à Edgar pour participer à sa grande campagne sanitaire, que ça me ferait bien voir et qu'il me donnerait du travail. J'ai trouvé facilement le Service de la Censure, c'était juste à côté du Palais. Ils ont eu l'air bien embêté avec mon livre. Personne ne connaissait *Knut Hamsun* et moi je ne pouvais guère les renseigner. Alors ils ont appelé un Supérieur. Moi je voulais qu'ils appellent Edgar, mais ils m'ont dit que c'était absolument impossible de le déranger pour si peu. Ça m'a vexée. Le Supérieur a eu l'air encore plus embêté que les autres. Il a dit que *Knut Hamsun* ce n'était pas à proprement parler un type très clair mais qu'on ne pouvait pas dire non plus que c'était un ennemi du Social-Franc-Progressisme. Et d'autres choses que je n'ai pas bien comprises. Et puis il a dit que l'inique régime intellocratique, capitaliste et multi-ethnique lui avait accordé le *prix Nobel* ou je ne sais quoi, à *Knut* truc, et que ça c'était une preuve irréfutable de subversivité. C'est comme ça que le Supérieur a tranché en toute conscience et qu'il a pu envoyer le livre au créma-toire. J'ai trouvé qu'il avait été rudement efficace,

106

le Supérieur. Je le lui ai dit et il m'a demandé ce que je faisais ce soir. J'ai compris que j'étais dans une bonne période. J'ai passé toute l'après-midi dans une chambre d'hôtel pour essayer de me faire belle mais ça se dégradait à nouveau. Je me disais que par le Supérieur je pourrais sans doute arriver jusqu'à Edgar. Le Supérieur a eu l'air un peu déçu quand il m'a revue le soir au rendez-vous. Il m'a invitée au restaurant mais on a expédié le repas. Il me regardait bizarrement. Quand on s'est retrouvés chez lui il a eu comme qui dirait une panne et ça l'a tellement vexé qu'il m'a mise dehors. J'avais de nouveau terriblement mal au reins. Pour Edgar, c'était raté. Je suis retournée sur les décombres de l'asile et j'ai trouvé un autre livre qui bien que brûlé à moitié pouvait sans doute encore représenter un danger s'il tombait dans de mauvaises mains. Je ne me souviens plus du titre du livre. Au Service de la Censure, alors que je n'étais venue qu'une seule fois auparavant, ils ont eu l'air tout à coup d'en avoir assez de me voir, il y en avait même un qui se bouchait le nez. Ils ont à peine jeté un œil sur le livre et ils ont voulu me renvoyer. Alors j'ai sorti ma botte secrète. J'ai dit que j'étais l'égérie d'Edgar, que c'était moi sur les affiches électorales. Tout le monde a éclaté de rire. Le Supérieur a débarqué pour connaître la raison du désordre. Les employés lui ont expliqué en pouf-

107

fant. Alors le visage du Supérieur s'est illuminé, il m'a regardée dans les yeux et il a dit que mais oui, qu'il me reconnaissait très bien même si je ne m'étais pas arrangée depuis tout ce temps. Moi, avec son képi et son uniforme, je n'avais pas reconnu non plus le monsieur qui m'avait enlevée aux chiens, à l'Aqualand, mon découvreur en quelque sorte. Du coup les employés avaient tous le nez dans leurs dossiers. Le Supérieur m'a emmenée au Palais. Edgar a eu l'air ravi en me voyant, il m'a serré la main et il a renvoyé les deux masseuses. Il m'a fait donner une chambre en plein dans le Palais. Des journalistes sont venus et on m'a donné un texte à apprendre par cœur dans lequel j'ai expliqué tout le bien que m'avait fait Edgar et comment il avait fait rebondir ma carrière d'actrice. Il y avait la télé et tout. Dans la nuit, alors que je devais commencer le lendemain des répétitions pour une publicité en remplacement d'une actrice coupable de *haute trahison*, j'ai eu de nouveau des crampes terribles aux reins et je me suis dit que ça tombait mal, que juste au moment où je retrouvais un emploi ça recommençait comme avant. Au matin, tous mes cheveux jonchaient l'oreiller. Pour le coup je me suis dit que ça y était, que c'était le cancer, que j'étais atteinte d'un *développement anarchique des cellules* parce que je n'avais pas assez vécu *au diapason de mon corps*.

J'ai voulu fuir en catimini mais j'ai découvert que ma porte était fermée à clé. Quand les gorilles d'Edgar sont venus pour m'emmener au studio de télévision, ils ont eu l'air bien embêtés de me voir dans cet état, même eux ont tout de suite compris que je ne ferais pas l'affaire comme égérie.

« *Pour un monde plus sain* », a grommelé Edgar en me voyant. Il a fait appeler un docteur qui m'a demandé si je m'étais promenée du côté de *Goliath*, je ne savais même pas ce que c'était. C'était la nouvelle centrale nucléaire qu'avait fait construire Edgar. J'ai seulement dit que j'avais travaillé dans une parfumerie et Edgar a demandé si les produits chimiques, peut-être... Ça avait l'air de l'intéresser, Edgar. Le docteur a dit que peut-être, mais à très haute dose, que rien n'était sûr, et qu'en tout cas ça restait hors de prix. Edgar a dit que ce serait tout de même marrant si on pouvait transformer les prisons en porcheries, qu'au moins ça fournirait des protéines pas chères. Le docteur s'est mis à rigoler avec Edgar. Moi je n'ai jamais rien compris à la politique. Tout ce que je sais c'est que j'étais bien contente d'être aux mains d'un docteur qui paraissait compétent, au prix où c'est. Edgar a sonné à un interphone et devinez qui j'ai vu apparaître, le directeur de la parfumerie. Il avait un beau képi noir et il était devenu encore plus gros qu'avant. Malheureusement il ne m'a pas reconnue. Il y a dû y avoir un gros malentendu parce qu'il m'a emmenée dans une prison très froide où j'entendais toutes les nuits des hurlements qui m'empêchaient de dormir. Ça sentait moche là-dedans. Moi j'ai recommencé à ne plus pouvoir me lever et à pousser des cris du ventre, c'était plus fort que moi. Le pire c'est que de toute la journée je ne voyais pas le soleil. Au bout de très longtemps, je ne saurais pas dire, on est venu me chercher. Edgar en personne, avec tous ses gorilles. Ils avaient l'air un peu ivres ou je ne sais quoi. Il y avait aussi certains des molosses de l'Aqualand et ils m'ont fait fête, ça m'a un peu réchauffé le cœur. Les gorilles m'ont mis un licol et ils m'ont traînée vers les hauteurs du Palais, Edgar chantait des chansons cochonnes assez gratinées, sacré Edgar. Moi je ne pouvais plus du tout marcher, c'était la faim sans doute. On est arrivés dans une grande salle tout illuminée avec des gens qui dansaient. Il y avait des lustres au plafond et des tentures dans le genre de ce qu'on fait maintenant, moi je n'avais d'yeux que pour les buffets et les grosses soupières fumantes. Tout le monde a poussé de grands cris en me voyant, tous les gens se sont arrêtés de danser pour m'entourer. Ça sentait bon le Yerling, les gens étaient très élégants et très bien habillés. Il y avait des dames en Loup-Y-

Es-Tu qui disaient qu'Edgar avait toujours des idées sublimes pour ses fêtes et qui se renversaient en arrière en poussant de grands soupirs. Un monsieur a mis une jeune fille à califourchon sur moi et il a fallu, faible comme j'étais, que je me tape toute la salle en long en large et en travers avec la jeune fille morte de rire sur mon dos. Tout le monde applaudissait, c'était la première fois que j'étais la reine d'une fête mais j'aurais bien mangé un bout, moi. Heureusement, la jeune fille était tellement saoule qu'elle a fini par vomir sur le parquet, ballottée comme elle était, et j'ai pu manger un peu ; enfin vous comprenez. Alors là ç'a été le délire, on n'entendait plus l'orchestre tellement les gens riaient, et ils ont commencé à m'envoyer des bouts de cerf rôti, des tranches de girafe, des pots entiers de caviar, des gâteaux au sirop d'érable, des fruits d'Afrique, et des truffes surtout, les truffes c'est bon. Quelle fête ! Il fallait que je me mette sur mes pattes arrière et que je tende le cou et que je fasse pas mal d'efforts pour arriver à me nourrir, mais c'était la règle du jeu. On s'amusait beaucoup. Le champagne qu'on me faisait boire me tournait un peu la tête et m'a rendue sentimentale, j'en ai pleuré de reconnaissance pour tous ces gens qui me donnaient à manger. Une dame avec une très belle robe en lazuré de chez Gilda m'a entourée de ses bras et m'a embrassée sur les deux joues, elle sanglotait et me tenait des propos incohérents, j'aurais bien aimé comprendre. On se vautrait par terre toutes les deux et elle avait l'air de m'aimer beaucoup. J'ai redoublé de larmes tellement la situation m'émouvait, ça faisait longtemps qu'on ne m'avait pas donné de telles preuves d'affection. La dame a dit en bégayant : « *Mais elle pleure ! mais elle pleure !* » Alors les gens ont fait une ronde autour de moi, l'orchestre jouait la danse des canards ou un vieux truc rétro dans ce genre. On peut dire que ces gens très chic savent faire la fête. Il y avait maintenant du caviar et des œufs mignonnettes écrasés partout par terre, les gens dérapaient en valsant. Edgar avait fait déshabiller une fille et voulait absolument que je lui renifle le derrière, Edgar a toujours été un joyeux drille. Et puis tout a coup l'orchestre s'est arrêté de jouer et un gorille a touché le bras d'Edgar. Edgar s'est relevé comme il a pu, il a retrouvé soudain beaucoup de dignité, et il a dit : « *Mes chers amis, il est minuit.* » Alors tout le monde a poussé des hurlements et je me suis demandé si c'était l'heure de la fin du monde ou quoi ; mais ils se sont tous tombés dans les bras, ils se sont tous embrassés, et moi-même je me suis retrouvée avec du rouge à lèvres partout, du Yerling et du Gilda et aussi du Loup-Y-Es-Tu, ça se voyait qu'on n'était pas n'importe où. On a entendu les douze énormes coups de la cathédrale qu'avait fait bâtir Edgar à la place de l'Arc de Triomphe. Ensuite ç'a été de nouveau les bouchons de champagne qui ont sauté. Moi je n'en pouvais plus du champagne, je commençais à être malade après cette longue période de privations en prison. Je glissais sur le parquet ciré tout limoneux, je me cassais la gueule et je me rabotais les mamelles ; les gens riaient mais je n'étais plus le centre de la fête, on sentait qu'ils se lassaient. Edgar a amené le deuxième clou du spectacle. Là je me suis dit que pour une fois ça ne tombait pas sur moi ; j'étais bien contente d'être aussi peu sexy en ce moment, j'étais tellement fatiguée que je n'aurais été bonne à rien. La très jolie jeune fille qu'avait amenée Edgar couinait et se débattait. Elle n'a pas tenu le choc longtemps, gamine comme elle était. Quand ils ont tous eu fini de s'amuser, elle s'est mise à errer à quatre pattes dans la salle les yeux complètement révulsés, un coup de fatigue sans doute, le manque d'habitude. Connaissant Edgar je savais qu'elle ne repartirait pas les mains vides, j'ai voulu aller la consoler mais décidément aucun son articulé ne voulait sortir de ma bouche. Un des gorilles a entraîné la gosse dans une salle à côté, je l'ai vu se distraire un peu et puis lui mettre une balle dans la tête. Ça m'a déçu de lui. Heureusement qu'Edgar n'a pas vu ça sinon ça aurait bardé pour le gorille. D'autres jeunes filles et même des jeunes garçons ont été amenés pour faire la fête avec nous. Le parquet qui glissait terriblement s'est mis à coller avec tout ce sang, au moins j'ai pu reprendre un peu l'équilibre. J'ai eu pitié des jeunes garçons, eux n'ont pas tellement l'habitude, et je me suis mise à rogner les liens de l'un d'entre eux qu'on avait laissé là en plan, on ne s'occupait plus du tout de lui et il hurlait avec quelque chose qui le brûlait dans le derrière ou je ne sais quoi. J'aurais mieux fait de m'abstenir. Vous ne me croirez pas mais un type m'a remarquée à côté du jeune homme et s'est mis à me faire des trucs pendables. Je voulais lui faire comprendre qu'il se trompait, que je n'étais pas du tout celle qu'il croyait – mais rien à faire. Comme j'étais rétive j'ai pris des coups de fouet, mais il pouvait y aller, j'avais la peau dure maintenant. Au moment où tout le monde avait l'air de s'amuser le plus, l'orchestre s'est de nouveau arrêté de jouer. J'ai vu entrer mon marabout, tout bien habillé de blanc, à nouveau dans ses vêtements de sauvage mais la peau très claire. De près on voyait tout de même que les produits blanchissants de chez Loup-Y-Es-Tu ce n'était pas encore tout à fait au point, il avait la peau toute bousillée. Le marabout a dit : « *Repentez-vous mes frères* », et il a promené une sorte de grosse spirale en or sur toute l'assistance. Tout le monde est tombé à plat ventre sur le sol, des femmes se sont traînées vers le marabout pour embrasser le bas de sa robe et d'autres personnes étaient agitées de tremblements. C'aurait été d'un bel effet, très touchant, si le silence avait vraiment été complet comme dans les cathédrales ; mais j'avais le ventre qui gargouillait de toute cette nourriture, c'était gênant, je serais bien rentrée sous terre. Heureusement pour moi il y avait une jeune fille pendue par les cheveux à un lustre et qui faisait encore plus de bruit, tout son intérieur dégoulinait par terre boyaux et tout, on s'était bien amusé avec elle. Le marabout dans sa grande bonté est venu décrocher la jeune fille et bénir les quelques autres qui traînaient par terre, il a fait un geste pour qu'on range tout ça et il a dit : « *Rentrez chez vous maintenant mes frères, et recueillez-vous pour ce troisième millénaire à venir, et priez pour que l'esprit de la Spirale inspire bienheureusement notre chef béni.* » J'ai vu Edgar se baisser et embrasser le bas de la robe du marabout, et prendre à bout de bras l'énorme spirale dorée pour la lever au-dessus de la foule. Ensuite Edgar a renvoyé d'un geste tous ces gens prosternés en tenue de soirée. Le marabout avait fait bien du chemin depuis la parfumerie. Il est vrai qu'à l'époque, dans son loft des quartiers africains, il accueillait déjà les plus hautes responsabilités politiques. Des femmes de ménage à l'air tout ensommeillé sont venues avec des balais et des seaux. J'entendais le marabout discuter avec Edgar à propos d'une cérémonie à la cathédrale, ce pauvre Edgar n'allait pas beaucoup dormir. Le jour se levait, ça faisait de beaux reflets sur les dorures et le parquet, moi ça me bouleversait de contempler le soleil. Une femme de ménage m'a trouvée sous une tenture et elle a dit : « *Et qu'est-ce qu'on fait de ça, Monsieur Edgar ?* » Edgar, qui a toujours beaucoup aimé le peuple, a cru bon de répondre : « *C'est mon cadeau de bonne année pour les employés du Palais.* » J'ai vu le visage de la bonne femme s'illuminer, il faut dire qu'elle n'avait que la peau sur les os. « *Oh merci, merci Monsieur Edgar* » elle a dit. Moi j'étais prête à vendre chèrement ma peau, non mais, pour qui me prenait-on. Je me suis mise à grogner d'un air féroce et j'ai vu le marabout regarder dans ma direction. « *Mais Edgar,* il a dit en riant, *où avez-vous bien pu trouver un cochon par les temps qui courent ?* » « *Vous savez,* a répondu Edgar, *j'ai des relations partout.* » Ils se sont mis à rire tous les deux. « *Trêve de plaisanterie* », a chuchoté Edgar – mais moi j'avais l'oreille fine – « *c'est un cas assez intéressant, peut-être un effet de Goliath, ou alors un cocktail de saloperies diverses, je devrais faire étudier ça par mes scientifiques. Vous vous rendez compte des possibilités, à long terme ?* » Edgar s'est remis à rire, mais le marabout avait l'air grave tout à coup. « *J'ai déjà vu des sortilèges de ce genre, dans mon pays* », il a dit. « *Restez sérieux*, a dit Edgar, *on ne va pas remettre ça, la spirale c'est le Tamestat du peuple.* » Et il a recommencé a rigoler. « *Ça n'a rien à voir avec la spirale* », a dit le marabout très sérieusement. Il s'est approché de moi et m'a gentiment flatté la couenne. « *Ça va, cocotte ?* » il m'a demandé à voix haute. J'ai compris qu'il m'avait reconnue, ça m'a fait terriblement chaud au cœur. « *Je vous présenterai un jour le patron de chez Loup-Y-Es-Tu* » a continué le marabout pour Edgar, « *préparez-vous à avoir une surprise* ». « *J'ai horreur des surprises* », a dit Edgar d'un air las, « *mais j'aime bien qu'on m'étonne ; si vous y arrivez je vous ferai nommer commandeur des croyants à la place de cet imbécile de Marchepiède, mais laissez-moi ce cochon, il m'amuse.* » Alors figurez-vous que ces deux hauts dignitaires se sont mis à me flatter en même temps le garrot, le marabout promettait de l'excellent boudin des Antilles à Edgar, Edgar promettait au marabout ce truc de commander les croyants, mais aucun des deux ne voulait me lâcher. J'étais extrêmement flattée. « *Je vous le rendrai* » a fini par dire le marabout, et il a fait un truc à Edgar, je ne sais pas, avec sa main, Edgar est devenu tout chose et il m'a lâché la queue. Je suis partie toute fière avec le marabout, des deux c'était quand même celui que je préférais.

« *Je t'avais dit de venir me voir plus tôt* » m'a dit le marabout à l'arrière de sa voiture avec chauffeur, « *regarde dans quel état tu es maintenant* ». C'est vrai que j'avais un peu honte. On est arrivés chez lui, il avait pris un loft plus grand dans le quartier des affaires, et il m'a mise dans une chambre pour moi toute seule, à l'étage, en me recommandant de ne pas faire caca partout. Tous les jours ensuite le marabout s'est appliqué à me concocter des onguents, à me masser partout, à me faire boire des trucs. Il a fait tuer le dernier rhinocéros d'Afrique pour moi, pour avoir de la poudre de corne ; rendez-vous compte, au prix où c'est. Je devenais verte, bleue, le marabout n'était jamais content, ma queue en tire-bouchon s'atrophiait peu à peu mais les oreilles, le groin, ça résistait bien. Moi je me laissais faire, nourrie, logée, chouchoutée, que voulez-vous de plus. Je me suis mise à dévorer tous les livres du marabout mais ils étaient vraiment trop effrayants, ça parlait de zombies, d'hommes transformés en bêtes sauvages, de mystères inexpliqués sous les Tropiques, il s'en passe de ces choses dans ces pays-là. Ça doit être le climat. En tout cas le marabout ça le faisait beaucoup rigoler de me voir bouquiner, on est devenus de plus en plus copains. Un truc de bien, c'est que peu à peu j'ai retrouvé l'usage de la parole, et on a pu papoter tous les deux. J'allais pour ainsi dire mieux, mes cheveux repoussaient, je pouvais presque marcher debout, j'avais à nouveau cinq doigts aux pattes de devant. Il n'y avait que l'amie du marabout qui était un peu jalouse, elle disait au marabout qu'il allait avoir des problèmes avec la SPA à conserver comme ça un animal chez lui. L'amie du marabout c'était cette dame assez âgée qui était l'ancienne copine de ma cliente assassinée, la dame qui pleurait toujours au square si vous me suivez. La dame s'était bien vite consolée avec ce nègre de marabout, et un homme en plus, décidément les gens ont des mœurs bien changeantes. L'amie du marabout disait au marabout que la SPA était très influente de nos jours, paraît-il qu'une ancienne actrice copine avec Edgar avait obtenu le Secrétariat aux Bonnes Mœurs du Ministère de l'Intérieur, et elle rigolait pas, l'actrice. « *Pendant ce temps*, disait la dame d'un air navré, *les défenseurs des droits de l'homme sont en prison.* » Le marabout lui chuchotait de ne pas dire ça si fort, il regardait autour de lui d'un air inquiet. « *De toute façon*, disait le marabout d'une voix perçante, *notre cher Edgar a trouvé un moyen radical pour se débarrasser de la chienlit.* » Et il me regardait d'un air comme qui dirait préoccupé, moi ça me faisait chaud au cœur qu'il s'inquiète pour moi comme ça. Le marabout travaillait d'arrache-pied pour trouver un *antidote*. Il était persuadé que j'avais quelque chose de pas normal, moi à force, j'étais inquiète. Et puis tous ces produits qu'il me faisait ingurgiter, ce n'était sans doute pas bon pour la santé. Le marabout répétait qu'il arriverait à quelque chose, qu'il trouverait, qu'il comprendrait, ou qu'en désespoir de cause il savait à qui m'adresser. Mais la dame voulait absolument se débarrasser de moi, et tout de suite. Il faut dire que depuis que je me tenais debout et que je parlais et tout ça, le marabout et moi, on avait recommencé à fricoter ensemble. Le marabout disait à la dame que j'étais un *être exceptionnel,* rendez-vous compte un peu. Hélas cette période heureuse n'a pas duré, je n'ai jamais eu de chance dans la vie. Un commando de la SPA a débarqué un matin dans le loft, le marabout et sa dame ont été arrêtés. C'est Marchepiède qui est devenu commandeur des croyants. Je le sais, parce que c'est lui qui s'est occupé de moi ensuite. Marchepiède, je ne risque rien à vous le dire maintenant, c'est le fou furieux du jour de l'avortement, le type que j'ai sorti de l'asile et tout, vous voyez un peu par qui on est gouvernés. Edgar n'avait plus trop l'air d'avoir son mot à dire, je crois que Marchepiède n'avalait pas le coup d'avoir préféré un nègre pour la direction de la cathédrale ou je ne sais quoi. Il n'y avait plus beaucoup de nègres dans les rues, en tout cas je ne savais pas ce qu'était devenu le marabout. Marchepiède a tout essayé avec moi, il se disait sceptique. Edgar avait beau lui assurer que je n'étais pas celle que j'avais l'air d'être, Marchepiède ne voulait pas le croire. Il disait que ce n'était pas Dieu possible. J'en ai subi, des séances d'exorcisme. On me tapait dessus avec des spirales et des croix, la cathédrale était réservée rien que pour ma poire, on est même passé aux fouets et à bien d'autres choses encore, jusque dans les moments où j'avais meilleure allure. Je sortais de ces séances complètement moulue. A force qu'Edgar répète sans arrêt son histoire il a déplu, je crois que c'est pour ça que Marchepiède l'a fait interner, vous vous souvenez, on en a beaucoup parlé de la maladie mentale d'Edgar. Il paraît qu'il hennissait et qu'il ne mangeait plus que de l'herbe, à quatre pattes. Pauvre Edgar. Bon, après, vous connaissez la suite. La guerre a éclaté et tout ça, il y a eu l'Epidémie, et puis la série de famines. Je m'étais cachée dans la crypte de la cathédrale pendant tout ce temps, vous pensez, si on m'avait trouvée. Au marché noir j'aurais bien fait mes cinq mille euros du kilo, je dis ça sans prétention. Quand je suis ressortie tout le monde m'avait oubliée, en tout cas je ne sais pas ce que sont devenus Marchepiède et les autres, je ne lis plus les journaux depuis longtemps. Tout était à nouveau plus calme, ça se sentait dans les rues. Je ne savais pas où aller. La seule adresse dont je me souvenais, à part celle d'Honoré – mais vous m'imaginez, retourner chez Honoré ? – c'était celle du marabout. Je suis allée sonner. Eh bien vous ne me croirez pas, il était là, et la dame aussi. Ils avaient pris un sacré coup de vieux tous les deux. Le marabout, il avait comme qui dirait des excroissances blanchâtres sur la peau, des tumeurs qui lui donnaient l'air d'un vieil éléphant. C'est dans leurs yeux que j'ai vu que j'avais à nouveau bonne allure maintenant, c'était sans doute cette longue période de calme dans la crypte. Ils m'ont vue arriver comme si je revenais de par-delà les morts. Le marabout m'a serrée dans ses bras mais il m'a suppliée de les laisser en paix maintenant, que lui ne pouvait plus rien pour moi. Il m'a donné une adresse où aller. C'était celle du directeur de chez Loup-Y-Es-Tu.

Le directeur de chez Loup-Y-Es-Tu m'a accueillie très chaleureusement quand je lui ai dit que je venais de la part du marabout. Le directeur de chez Loup-Y-Es-Tu était vraiment très beau, encore plus qu'Honoré. Il m'a reniflée sous le derrière au lieu de me serrer la main, mais à part ça il était tout à fait chic, très élégant comme homme, très bien habillé et tout. Il m'a dit qu'il avait souvent entendu parler de moi, qu'il connaissait bien le problème. Ça m'a soulagée de ne rien avoir à lui raconter, parce que j'étais à peu près en bonne forme à ce moment-là, mais je craignais que ça ne dure pas. Le directeur de chez Loup-Y-Es-Tu m'a servi un *Bloody Mary* et m'a expliqué que ça allait et ça venait, un jour on était comme tout le monde, le lendemain on se retrouvait à braire ou à rugir, selon, mais qu'à force de volonté on pouvait se maintenir. Le directeur de chez Loup-Y-Es-Tu m'a expliqué que dans son cas il avait réussi à se régler sur la Lune. Je n'avais jamais pensé à ça. Ensuite il m'a demandé ce que je faisais ce soir. Ça se voyait qu'il me trouvait appétissante, et lui était tellement beau, tellement gentil, je croyais que je rêvais. Il m'a dit que les quais de la Seine, depuis qu'on les avait reconstruits, étaient splendides sous la Lune, et qu'il connaissait un bon resto. Il m'a fait un grand sourire. Il avait deux sublimes canines blanches qui pointaient, et de fines moustaches dorées qui s'allongeaient jusque sous les oreilles. J'en suis tombée à la renverse tellement il était beau. Sur les quais de Seine, on se promenait, et tout à coup le directeur de chez Loup-Y-Es-Tu (son petit nom c'était Yvan) s'est penché sur moi et il m'a dit, comme qui dirait en haletant : « *Va-t-en vite* » il m'a dit. On avait passé une bonne soirée, je ne comprenais pas. Mais quand j'ai vu tout à coup la tête qu'il avait, j'ai pris mes jambes à mon cou. Je me suis cachée derrière un arbre et j'ai regardé, ça me faisait trop mal de laisser tomber un type pareil. Le directeur de chez Loup-Y-Es-Tu s'est assis sur un banc et s'est pris la tête dans les mains. Il avait l'air très fatigué. Un long moment s'est passé. La Lune est sortie des nuages juste au-dessus des ruines du Pont-Neuf, c'était du plus bel effet. Ça faisait des zigzags de lumière blanche sur l'eau, et les *arcs-boutants* ou je ne sais quoi qui restaient encore debout du côté de l'Ile brillaient très fort dans le ciel noir. Moi ça faisait bien longtemps que je n'étais pas sortie au bord de l'eau. Le Palais était entièrement détruit, mais toutes ces grosses voûtes enchevêtrées par terre et ces statues couchées et cette espèce d'armature pyramidale qu'on entrevoyait par la grosse brèche, ça avait du charme à mon avis, c'était émouvant sous la Lune, tout était blanc et crayeux. Du coup j'en avais presque oublié mon Yvan. J'ai entendu comme un cri du côté du banc. Yvan était tout debout, il dressait son visage vers la Lune et il lui montrait le poing. Ça m'a fait un choc. Et puis Yvan s'est effondré à quatre pattes. Son dos s'est arqué. Ses vêtements ont craqué tout du long et de longs poils gris se sont hérissés à travers la déchirure, son corps s'est élargi et ça a craqué aussi aux épaules et aux manches. Le visage d'Yvan était tout déformé, long et anguleux, ça brillait de bave et de dents et ses cheveux avaient poussé jusqu'à recouvrir entièrement ses épaules, drus. La Lune était dans les yeux d'Yvan, comme un éclat blanc et froid sous ses paupières. On sentait qu'il souffrait, Yvan, on entendait son souffle. Ses mains étaient recroquevillées par terre, comme rognées, enfouies, agrippées dans le sol, pleines de nœuds et de griffes. Les mains d'Yvan, c'était comme si elles ne pouvaient pas quitter le sol et qu'en même temps elles voulaient le lui faire payer, au sol, qu'elles l'étripaient. Yvan a donné un violent coup d'épaule et tout son arrière-train a bougé comme un arbre arraché. Ses chaussures ont explosé, ses mains ont déchiré la terre et la terre a volé de partout. Yvan s'est déplacé d'un bloc. Il avançait, c'était énorme, ça se tordait vers la Lune. Quelque chose a hurlé dans son corps, ça lui est monté du ventre comme quand moi je sens la mort. La Lune a pâli. Toutes les ruines autour de nous se sont pour ainsi dire immobilisées et l'eau s'est arrêtée de couler. Yvan a hurlé de nouveau. Mon sang s'est figé dans mes veines, j'étais incapable de bouger. Je n'avais même plus peur, tous mes muscles et mon cœur semblaient morts. J'entendais le monde s'arrêter de vivre sous le hurlement d'Yvan, c'était comme si toute l'histoire du monde se nouait dans ce hurlement, je ne sais pas comment dire, tout ce qui nous est arrivé depuis toujours. Quelqu'un s'est approché. Yvan, ça n'a pas fait un pli, il a bondi. Le quelqu'un, il ne croyait pas à ce qu'il avait entendu, on sentait dans l'air qu'il était tout excité. Ensuite on n'a plus rien senti du tout. Une onde de terreur et puis c'est tout. Pas même un cri. Yvan dansait autour du cadavre. C'était étonnant de voir Yvan si léger, si voltigeur sous la Lune, il donnait vers le ciel de petits coups de sa queue argentée et ça faisait un joli feu de joie. Toute cette masse cassée de son corps et la douleur de ses premiers déplacements, ça avait disparu sous sa fourrure de lune et sous ses coups de crocs très précis, sous ses bonds, sous ses entrechats sauvages, sous ses grands sourires blancs. Je suis tombée raide dingue amoureuse d'Yvan. Je n'osais pas sortir encore, j'ai attendu qu'il se soit bien rassasié. Quand je l'ai vu qui se léchait les babines au bord de l'eau et qui se net-toyait les pattes et qui avait presque bu tout le sang, je me suis approchée doucement. Yvan m'a vue. « *Nous voilà bien* », il a dit Yvan. J'ai compris que je pouvais venir plus près. J'ai pris le cou d'Yvan entre mes bras et je l'ai embrassé au creux des deux oreilles, c'était doux, c'était chaud. Yvan s'est roulé sur le sol et je l'ai gratté sous le poitrail et je me suis couchée sur lui pour profiter de sa bonne odeur. Je l'ai embrassé dans le cou, je l'ai embrassé au coin de la gueule, je lui ai léché les dents, je lui ai mordu la langue. Yvan riait de bonheur, il me léchait partout, il se cabrait sur moi et je roulais à la renverse, on s'est mis à gémir tous les deux tellement on était heureux. Ensuite Yvan s'est assis sur son derrière et je me suis couchée entre ses pattes. On est restés là très longtemps, on s'est laissé porter par le bonheur. Moi je regardais souvent Yvan, je me dressais sur les coudes et je lui souriais et il me souriait. Yvan était gris argenté, avec un long museau à la fois solide et très fin, une gueule virile, forte, élégante, de longues pattes bien recouvertes et une poitrine très large, velue et douce. Yvan c'était *l'incarnation de la beauté*. Le soleil a commencé à se lever et Yvan s'est endormi le museau sur les pattes. Je suis restée assise à côté de lui à le veiller, si des gens passaient ils pourraient toujours croire à mon chien, un très gros chien. Ça me faisait sourire cette idée, ça m'attendrissait. Le soleil mettait des reflets jaune pâle sur la Seine, la Lune s'estompait. Les ruines du Palais se brouillaient dans une vapeur jaune et ça faisait comme une poudre très fine qui se déposait, une poussière de lumière qui tombait doucement sur les choses. Les derniers éclats de verre sur la pyramide, on ne pouvait pas les regarder en face tellement ils brillaient, c'était comme de l'or posé en voile sur les poutrelles. J'ai senti qu'Yvan bougeait contre mes genoux. Ça m'a fait tout drôle de voir que le soleil diluait comme qui dirait Yvan, rayait son museau de traits qui lui brouillaient la face, faisait fondre ses yeux fauves, effaçait ses oreilles et rasait sa fourrure. Yvan étincelait, on ne pouvait presque plus le distinguer dans ce halo qui l'embrasait, qui l'effaçait, j'ai cru qu'il allait me fondre lentement dans les bras et j'ai crié et je l'ai serré fort contre moi. Mais ça s'est fait tout doucement. Le soleil a touché les pans de murs encore debout de la vieille cathédrale et l'éclat des rayons s'est atténué. Yvan a relevé la tête et j'ai vu son visage d'homme. Il s'est mis debout et il m'a tendu la main. « *Allons-y* » il a dit. Il était tout nu, moi j'avais le fou rire. On a regagné son appartement à pied, heureusement qu'il n'y avait pas trop de gens dans les rues, de toute façon les gens, depuis Edgar, ils en ont vu d'autres.

Alors a commencé la plus belle période de ma vie. Ça me fait mal d'y repenser maintenant. Pauvre Yvan. On est restés plusieurs mois ensemble Yvan et moi dans son appartement. A chaque pleine Lune, Yvan allait manger un bout. Il m'avait montré comment adapter mon propre rythme aux fluctuations de la Lune, mais j'y arrivais beaucoup plus mal que lui, je crois que lui avait vraiment ça dans le sang. Il supposait que mon rythme hormonal brouillait le jeu, les femelles il ne connaissait pas trop le problème. Mais le tout était d'y mettre une grande volonté. Quand j'en avais assez d'être truie, si ça avait duré trop longtemps ou si ça tombait mal pour une raison ou pour une autre, je m'isolais dans notre chambre et je faisais des exercices de respiration, je me concentrais au maximum. C'est encore ce que j'essaie de faire aujourd'hui pour écrire mieux, pour mieux tenir mon stylo, mais depuis qu'Yvan est mort j'y arrive de moins en moins bien. De toute façon, maintenant, qu'est-ce que ça peut bien me faire d'être un cochon ? Je suis très bien comme ça, je ne vois plus personne sinon quelques congénères et à l'idée de retourner à la ville je suis fatiguée d'avance. Les meilleurs moments, avec Yvan, c'était quand j'avais mes chaleurs. On faisait très attention à ne pas pousser trop de cris, pour les voisins, mais qu'est-ce qu'on s'amusait ! Yvan m'aimait autant en être humain qu'en truie. Il disait que c'était formidable d'avoir deux modes d'être, deux femelles pour le prix d'une en quelque sorte, qu'est-ce qu'on rigolait. Yvan avait laissé tomber toutes ses affaires pour mieux profiter de la vie avec moi, il avait vendu Loup-Y-Es-Tu à Yerling, on roulait sur l'or. Yvan m'habillait des plus beaux modèles. Il avait même fait une donation énorme au Gouvernement des Libres Citoyens pour reconstruire le Pont-Neuf, en souvenir de notre première nuit. On allait souvent s'y promener quand j'étais assez présentable pour les gens de la rue. Ça me rendait toujours terriblement fière de voir la plaque au nom d'Yvan sur le Pont-Neuf. Malheureusement le Pont n'a jamais été terminé, il n'y avait qu'Yvan les soirs de pleine Lune qui pouvait d'un bond assez puissant rejoindre la rive, qu'est-ce qu'il était fort Yvan. Une grande partie de l'argent d'Yvan avait été détournée, ça a fait un gros scandale, mais Yvan a déclaré qu'il ne voulait pas s'en occuper, que le Pont était très bien comme ça. Les gens n'ont pas compris, il faut dire que ce n'était pas très pratique au niveau du trafic, heureusement le Ministère a eu l'idée d'exploiter la brèche dans l'ancien Palais pour faire une autoroute urbaine. Bon, ça gâchait un peu le paysage, Yvan s'est demandé s'il allait intervenir, mais Yvan, par choix, n'avait presque plus de vie mondaine ni politique. Il a tout laissé tomber pour se consacrer exclusivement à moi. De temps en temps on trouvait quelques paparazzi sur notre chemin dans notre promenade du Pont-Neuf, Yvan m'empêchait de lire les articles parce qu'il paraît qu'on n'y était pas très gentil avec moi, les photos n'étaient jamais à mon avantage et on me traitait de *grosse truie*, ça nous faisait bien rigoler avec Yvan. Je ne saurais pas vous dire à quel point tout ça m'était égal alors. Si les gens étaient jaloux parce que le célèbre Yvan de chez Loup-Y-Es-Tu avait tout abandonné pour une grosse truie, ça les regardait, ils ne pouvaient pas comprendre. Surtout qu'à ce moment-là on a appris la mort du marabout dans les journaux. Des experts se sont penchés sur les anciennes crèmes blanchissantes de chez Loup-Y-Es-Tu, Yvan était bien content de s'être un peu mis au vert. Il a fait étouffer l'affaire avec ses relations du Ministère et il a offert toutes ses actions Yerling à la vieille amie du marabout. On s'est mis à voyager. Parfois c'était un peu compliqué parce qu'avec toutes ces perturbations, la nourriture exotique, les climatiseurs, la mousson ou que sais-je encore, je n'arrivais pas à garder une forme assez humaine pour qu'on puisse quitter notre chambre d'hôtel. Mais c'était très excitant de rester ainsi enfermés tous les deux, couchés sous la moustiquaire, les journalistes émettaient sur notre absence les suppositions les plus folles. Et puis à force, on a pris sur nous. Yvan qui était célèbre autrefois pour ses excentricités m'a mis un collier de diamants et nous nous promenions ensemble, lui debout et moi en laisse, j'étais le cochon privé d'Yvan comme d'autres ont un pékinois ou un boa. On n'aurait jamais pu faire ça à Paris, Yvan aurait eu trop de problèmes avec la SPA. On ne pouvait pas risquer que je me retrouve arrachée à lui pour finir dans un chenil ou pire.

C'est pour ça qu'on restait beaucoup à l'étranger. En plus c'était pratique pour les soirs de pleine Lune, les Chinois ou les nègres ils ne sont pas comptés comme les Parisiens. Malheureusement, quand ces crétins de Libres Citoyens se sont fâchés avec le monde entier à cause de leurs idées d'autarcie communautaire – heureusement qu'Yvan avait vendu Loup-Y-Es-Tu à temps – il a bien fallu qu'on rentre à Paris. La vie est devenue un peu plus compliquée parce que les gens qu'Yvan connaissait au gouvernement ont été emprisonnés, ç'a été toute cette période des Grands Procès, enfin vous vous souvenez. Les Nouveaux Citoyens ont voulu terminer les travaux du Pont-Neuf et ont prétendu nous réquisitionner comme tout le monde au titre du travail obligatoire. Ils ont ponctionné la plupart des comptes bancaires d'Yvan et sont venus sonner directement à notre porte, on a vraiment cru rêver. Heureusement qu'Yvan avait gardé assez d'argent sous la patte pour pouvoir la graisser à tout le monde, sinon on était faits comme des rats. Ces émotions ou je ne sais quoi me maintenaient sous forme de cochon les trois quarts du temps. Nous nous sommes faits de plus en plus discrets. Ce n'était pas désagréable, loin de là. Nous restions dans notre bel appartement, personne ne venait plus nous embêter vu qu'Yvan s'était fait de nouvelles relations. Yvan me procurait des fruits et des légumes par un réseau Internet camouflé en banque de données culturelles ; le marché noir fonctionnait bien. Il achetait pour lui de la viande rouge, et nous pouvions vivre en parfaite autarcie. Il fallait juste faire un peu attention quand les livreurs sonnaient, je me cachais dans la chambre du fond. Les journées se passaient délicieusement. A l'aube, pendant que toute la ville dormait encore, nous étions réveillés par le croisement chaud et froid du soleil et de la Lune, et par le souffle des étoiles qui plongent de l'autre côté du monde. Yvan me léchait derrière les oreilles et se postait à la fenêtre pour humer l'air frais, et puis il me pressait mon jus de patate, je paressais encore au lit. Nous nous faisions des câlins. Ensuite quand le ciel était entièrement doré nous prenions le soleil sous la véranda, nous nous vautrions, et puis dans la journée on faisait plusieurs siestes, heureux comme des bêtes. On se faisait livrer des livres et des journaux aussi, et puis même ça, on a abandonné. Du coup on ne n'est pas méfiés quand ils ont commencé à parler de la série de meurtres sur les quais. On se disait qu'avec le désordre qui régnait, personne ne s'intéresserait à quelques cadavres de plus, mais ces ânes de Citoyens ne se débrouillaient pas si mal, ils avaient organisé une police terriblement efficace. Je pense que c'est la façon dont les cadavres étaient égorgés qui les intriguait tellement. J'ai lu les articles depuis, on parlait du *Maniaque de la pleine Lune*, ou alors de la *Bête*, je vous demande un peu. Il y en a évidemment qui y sont allés de leur *rédemption* et de leur *châtiment*, mais ils ont été promptement zigouillés. Les Citoyens, ils rigolaient pas avec ça. Sur les découpes d'articles que j'ai gardées, on voit les têtes des cadavres, bien proprement décapités comme Yvan savait faire. Ça on peut dire que les victimes n'avaient pas le temps de souffrir. Les enquêteurs ont perdu beaucoup de temps à chercher l'arme du crime, eux ne pouvaient pas croire à une bête, évidemment, ça fait longtemps qu'il n'y a plus de bêtes sauvages alors en plein Paris, vous imaginez. C'est la *rationalité* qui perd les hommes, c'est moi qui vous le dis. On a eu vent de tout ce raffut par un livreur. Yvan a décidé de faire le mort à la maison, mais c'est là que tout a commencé à devenir vraiment difficile. La première pleine Lune surtout a été très éprouvante pour tous les deux. Yvan s'est mis à tourner en rond. Il ne me parlait plus. J'ai allumé la télévision pour essayer de penser à autre chose, mais du coin de l'œil je ne pouvais pas m'empêcher de surveiller Yvan. Il s'est assis sur son derrière face à la fenêtre, il ne quittait pas la Lune des yeux. Moi je surveillais surtout ses cheveux, c'était toujours le premier signe. Ils ont commencé à grisonner comme s'il prenait dix ans d'un coup. Et puis ils se sont dressés sur sa tête, et ça a commencé à déborder dans le cou, entre les boutons de la chemise, sur les joues, sur le dos des mains. « *Un peu de volonté, Yvan* » j'ai articulé. Le costume de chez Yerling a explosé dans le dos, Yvan en faisait une de ces consommations ! Son dos s'est arqué terriblement, on aurait cru un dromadaire. Ensuite, tout le cinéma, les pattes qui épaississent, les griffes, les oreilles pointues, les dents de plus en plus apparentes, j'avais du mal à m'habituer, je vous jure. Yvan dans un tel état, c'était vraiment choquant. Yvan a tourné des yeux fous vers moi, ça m'a fait comme une brûlure au ventre, je n'avais jamais vu ça que de nuit. Je me suis dit : « *Appelons Bip Pizza.* » J'ai couru vers le téléphone. Heureusement qu'on les mémorise bien, ces numéros à trois chiffres, parfois c'est une question de vie ou de mort. L'angoisse m'a arraché les mots qui sauvent. « *Allô*, j'ai crié, *une pizza 7 quai des Grands-Arlequins, vite.* » Je savais que chez *Bip Pizza* ils interviennent en moins de vingt minutes. Ç'a été les vingt minutes les plus longues de notre vie, à Yvan et moi. Je m'étais enfermée dans la chambre et j'entendais Yvan hurler et gratter à la porte, et puis pleurer comme seuls les loups pleurent, et maudire la Terre en longues modulations de gorge. La souffrance d'Yvan c'était insupportable. Je me suis concentrée très fort pour rester calme, ce n'était pas le moment de me laisser aller moi aussi. J'ai ouvert doucement la porte de la chambre. J'ai parlé à Yvan. Je suis sortie, si je puis dire, à pas de loup. Yvan ne me quittait pas des yeux. Très doucement je me suis approchée de lui et très doucement je lui ai pris la tête dans les mains. Yvan, quand il est assis, il m'arrive jusqu'aux épaules. J'ai senti un long frisson parcourir l'échine d'Yvan. J'ai vu dans ses yeux passer comme une lueur humaine ; la douleur de résister à l'instinct ça lui faisait des vagues dans les iris, je voyais dans les yeux d'Yvan l'amour lutter contre la faim. J'ai commencé à lui parler à mi-voix. Je lui ai parlé de la steppe, de la neige d'été sur la taïga, des forêts gauloises, du Gévaudan, des collines basques, des bergeries cévenoles, de la lande écossaise, et de la pluie, du vent. Je lui ai fait la longue liste de tous ses frères morts, le nom de chaque horde. Je lui ai parlé des derniers loups, ceux qui vivent cachés dans les ruines du Bronx et que personne n'ose approcher. Je lui ai parlé des rêves des enfants, des cauchemars des hommes, je lui ai parlé de la Terre. Je ne savais pas d'où je sortais tout ça, ça me venait, c'était des choses que je découvrais très au fond de moi, et je trouvais les mots même les plus difficiles, même les plus inconnus. C'est pour ça que j'écris maintenant, c'est parce que je me souviens de tout ce qu'Yvan m'a donné ce soir-là, et de tout ce que j'ai donné à Yvan. Yvan a gémi doucement et s'est roulé en boule et il s'est à moitié endormi. Je voyais les rêves passer sous ses paupières soyeuses. Et puis la Lune, ça a fait comme un arrachement entre nous, jusqu'au fond de mon ventre. La pièce est devenue toute bleue, c'était la Lune qui montait à son zénith. Yvan s'est relevé d'un coup. Il a entendu le bourdonnement du sang dans mes artères, il a senti l'odeur des muscles sous ma peau, il a vu battre mes carotides juste sous la peau de mon cou. Ses iris jaunes se sont fendus en deux. Sa voix s'est déchirée en un long hurlement et il a contracté tous ses muscles pour prendre son élan. La fourrure de son dos s'est dressée toute droite, sa queue s'est raidie, je voyais les nerfs, les fibres, les veines, qui se tendaient sous sa gorge et jusque dans ses pattes noueuses. « *Bon,* je me suis dit, *c'est une belle mort.* » A ce moment-là, la sonnette a retenti. Yvan, ça l'a fait vaciller et il a tourné son regard vers la porte. Je n'ai même pas eu le temps de dire bonjour au livreur. La pizza a giclé en l'air. On ne pouvait pas distinguer le sang de la sauce tomate. Je me suis dit que décidément c'était très pratique, la livraison à domicile.

Ensuite on s'est fait livrer régulièrement, chaque soir de pleine Lune. Moi je mangeais la pizza, et Yvan le livreur. Pour éviter les odeurs Yvan était obligé de ne laisser aucun reste, et il devenait grassouillet, mignon comme tout. On a écumé toutes les pizzerias de Paris afin de brouiller les pistes, *Speedo Pizza*, *Mobylette Pizza*, *Flash Pizza*, *Vroum vroum pizza*, *Solex Pizza*, etc. On se faisait livrer à des adresses fictives. Yvan prenait des faux noms et louait des studios pour l'occasion. Un autre problème était de se débarrasser des véhicules, mais la Seine est faite pour ça. On attendait les nuits sans Lune, et plouf ! dans l'eau. On a vécu une vraie vie d'aventure, on était les nouveaux *Bonnie and Clyde*. D'un côté le quotidien était très agréable, nous avions un superbe appartement, l'amour, et puis une fois par mois c'était une nouvelle ruse à mettre en place, des situations à chaque fois différentes, de nouveaux chocs sensoriels, des odeurs inédites, des livraisons exotiquement goûteuses. La catastrophe de Los Angeles avait fait affluer vers Paris une nouvelle variété d'immigrés qui s'étaient tous spécialisés dans la *fast-pizza*, et ils étaient délicieux d'après Yvan, bien gras avec comme un petit arrière-goût de Coca-Cola ; Yvan, par snobisme de classe peut-être, a toujours apprécié la *junk food*. Moi, pourtant, un léger ennui me gagnait, et c'est comme ça que je me suis mise à regarder de plus en plus la télévision. J'ai été considérablement perturbée par *Un seul être vous manque*. J'aurais dû écouter Yvan qui détestait ces trucs racoleurs. Cette émission avait beaucoup de succès à cause de tous ces disparus depuis la Guerre et les Grands Procès. Ma mère est apparue sur l'écran, je l'avais complètement oubliée. Elle, visiblement pas. Elle tenait en main des numéros de *Voici Paris* et de *Nous Aussi*, et des photos en gros plan de moi et d'Yvan défilaient sur l'écran. Ma mère pleurait à gros sanglots, c'était presque inaudible, elle disait qu'elle m'avait reconnue, qu'elle voulait revoir sa petite fille chérie. Ensuite, à ma grande confusion, des photos de moi petite se sont mises à occuper tout l'écran, et même des photos de ma mère m'allaitant. Yvan se roulait par terre de rire, le pauvre, s'il avait su où cette histoire nous mènerait. Ma mère a dit que mon père était mort à la guerre, j'ai fait un gros effort de concentration pour me souvenir de lui ; et qu'elle se trouvait sans ressource, sans emploi, comme qui dirait à la rue, et que la moindre des choses c'était que je lui fasse signe. Le commentateur a lourdement insisté sur ma liaison avec Yvan, il a dit que les riches nous mangeaient sur la tête, qu'ils ne nous laisseraient que la peau sur les os et les yeux pour pleurer. Yvan, j'ai cru qu'il allait s'étrangler de rire. Quand Yvan

139

a réussi à se calmer on a essayé de parler de tout ça froidement lui et moi, et Yvan a dit que tout ce que voulait ma mère c'était du fric. C'est la première fois qu'on s'est disputés, avec Yvan. Yvan m'a dit qu'il y avait très peu de chances pour que la maison de ma mère, achetée à la campagne avec ses gains du Loto, ait été détruite pendant la guerre ; que ma mère n'était certainement pas à la rue, et qu'il devait bien lui rester quelques sous de côté. Moi je dois dire que ça m'avait fait un choc ce truc à la télé, je ne sais pas si c'est de revoir ma mère, ou si c'est les photos de moi petite, ou si c'est de me voir telle que j'étais à présent en gros plan sur l'écran. Je n'ai pas supporté qu'Yvan parle comme ça. Je lui ai dit qu'il ne savait pas ce que c'est que d'être pauvre et d'avoir faim, et des absurdités de ce genre ; quand j'y repense ça me fait mal de m'être fâchée pour si peu avec Yvan. A ce moment-là nous ne savions pas combien le temps pour être heureux ensemble nous était compté. Yvan a boudé et a déclaré qu'il était prêt à envoyer du fric à ma mère, mais que la revoir nous exposerait à des difficultés infinies. Yvan savait bien que les Citoyens voulaient sa peau au bout du compte, et tout ce raffut à la télé l'inquiétait, il croyait qu'on graissait la patte à ma mère pour faire sortir le loup du bois, en quelque sorte. Moi ça me faisait pleurer qu'il parle comme ça Yvan, avec tellement de froide logique.

Yvan a voulu m'expliquer que cette émission arrangeait tout le monde, que ça laissait croire que les accusés des Procès étaient peut-être encore vivants, mais moi je n'ai jamais rien compris à la politique, j'ai crié qu'il ne s'agissait que de ma mère et de moi. Yvan il ne se mettait pas à ma place, nous, mon père ma mère et moi, on avait habité les HLM pourris de Garenne-le-Mouillé pendant des années et des années, il ne savait pas ce que c'était, Yvan, ma mère elle me faisait de la peine. Mes idées s'embrouillaient, je n'arrivais pas à réfléchir calmement. Tous les soirs maintenant je me voyais à la télé. Il y avait une voix qui expliquait que je n'avais toujours pas fait signe à ma mère, et on voyait une photo de moi jeune fille, une photo de ma mère à Garenne-le-Mouillé, et puis des photos de moi et d'Yvan. Ça me tuait de voir comme j'étais moche maintenant, et ça me tuait que ma mère ait réussi à me reconnaître malgré tout. C'est beau l'instinct maternel, la *reconnaissance du ventre* comme on dit. Yvan ça le mettait en boule de me voir dans cet état, il me disait que j'étais beaucoup plus bête qu'il ne l'aurait cru. On criait très fort. Yvan partait marcher dans Paris la nuit, je ne sais pas très bien ce qu'il faisait, il rentrait ivre et tout mouillé. Le seul moment de vraie connivence qui nous restait encore c'était autour des livreurs de pizza. Les détectives d'*Un seul être vous manque* commençaient à se rapprocher de nous, l'adresse quai des Grands-Arlequins on pouvait faire plus discret, et je dois avouer – comme j'ai mal quand j'y repense ! – que j'avais téléphoné plusieurs fois à l'émission, qu'on m'avait passé ma mère, et qu'au dernier moment je raccrochais toujours. Je me demande aujourd'hui si on ne nous a pas localisés quai des Grands-Arlequins à cause de ces coups de fil répétés. A la télévision ils diffusaient les enregistrements de mes « *Allô* » toujours coupés, ça me culpabilisait terriblement, et puis je voyais bien qu'ils jouaient de mon physique difficile pour me rendre antipathique à tout le monde. Ma mère est repassée plusieurs fois dans la rubrique *Ils sont vivants* pour pleurer en criant mon nom. Je vous jure, c'était plutôt pénible. On voyait les scores s'afficher en rouge sur l'écran, jamais l'audimat n'avait été aussi haut. Bon. Yvan a balancé le poste de télé dans la Seine et on s'est décidé à déménager. Mais Yvan, il aimait trop la Seine, on n'a pas été assez raisonnable pour quitter Paris. Les frontières étaient fermées, mais on aurait dû au moins partir à la campagne. On y serait encore tous les deux aujourd'hui. Le nouvel appartement qu'on avait choisi était juste de l'autre côté de la Seine, près de l'ancien pont Mirabeau. Les détectives d'*Un seul être vous manque* ont momentanément perdu notre trace, et puis comme l'audimat baissait parce que c'était la mère du directeur de la parfumerie qui avait pris la vedette maintenant, ils ont fini par nous lâcher et on n'a presque plus parlé de nous. Je n'ai plus eu de nouvelles de ma mère. Ça m'a fait des vacances. Je me débrouillais pour suivre l'émission sur le petit téléviseur portable de la Mercedes, je voulais savoir si la mère de mon ancien directeur allait réussir à remettre la main sur son fils, mais Yvan et moi on s'est quand même comme qui dirait retrouvés. A nouveau on a pu jouir de quelques moments de bonheur ensemble. Et puis les choses se sont précipitées. Le jour du déménagement, forcément j'étais un peu perturbée, moi je n'aime pas bouger de ma tanière ; alors j'étais entièrement truie, le groin, les pattes, les reins à l'horizontale, impossible de déguiser quoi que ce soit. Yvan a été obligé de me fourrer dans un grand sac, mais moi en truie je suis très claustrophobe, impossible de tenir là-dedans. Quand Yvan a garé la Mercedes j'ai bondi hors du sac, ç'a été plus fort que moi. On avait pris nos précautions, c'était au crépuscule, à cette heure où les choses se confondent ; mais on a dû nous voir quand même et un voisin quelconque nous a sans doute dénoncés. La SPA a débarqué au beau milieu de la nuit. Le vrai manque de chance, c'est que c'était la pleine Lune. Yvan venait de manger et dormait comme un loir, moi je somnolais à ses côtés, gavée de pizza. Je ne sais plus dans quel état j'étais, à force ça se mélange dans ma tête, mais quand j'ai entendu « *SPA ! Ouvrez !* » j'ai senti jaillir ma queue en tire-bouchon. Sans ma fichue émotivité Yvan serait peut-être encore en vie aujourd'hui, il n'y aurait eu que moi à être inquiétée. La SPA a défoncé la porte et ils nous ont encerclés avec leurs mitraillettes. Yvan s'est réveillé et a montré les crocs. La SPA, ils n'en revenaient pas de trouver un si gros loup et un cochon ensemble, et dans un appartement parisien encore. Il n'y avait plus aucune trace du livreur, juste la mobylette en bas, mais ce n'était pas ça le problème. Si au moins ce soir-là avec Yvan on avait pris comme d'habitude un petit studio pour se faire livrer ! Mais avec notre toute nouvelle adresse du pont Mirabeau, on n'avait pas cru utile de se méfier déjà. Pauvres de nous. Moi je communiquais sourdement avec Yvan, je lui disais surtout de rester calme, avec tout ce qu'il avait dans l'estomac j'espérais que la faim au moins ne l'agiterait plus et qu'il allait se laisser embarquer bien gentiment. Mais les gens de la SPA, ils n'avaient jamais vu ça, ils avaient peur. Une bonne femme en uniforme faisait le tour de l'appartement et dressait un procès-verbal, le lendemain dans les journaux je sais qu'on a pu lire qu'Yvan, l'ex-patron chez Loup-Y-Es-Tu, prouvant bien par là la dépravation des riches, à cause d'eux les égouts sont infestés de crocodiles, laissait seuls chez lui des animaux sauvages, en plein Paris, et avait pris la fuite on ne sait où avec sa maîtresse. Les journalistes ne comprennent jamais rien à rien. La bonne femme a fini d'écrire son procès-verbal et les types tenaient toujours Yvan en joue, elle a dit : « *Bon, commençons par le cochon.* » Un type s'est approché de moi avec un grand filet et un autre m'a jeté un lasso autour du cou. Yvan a bondi. Les coups de feu ont claqué avec les coups de crocs. Yvan a eu le temps de décapiter deux ou trois types et puis il s'est traîné dans un coin et il est mort. Moi je suis morte aussi. J'ai voulu me coucher sur Yvan et pleurer mais j'ai trébuché dans les mailles du filet. Ils m'ont mise dans une camionnette et ensuite dans une cage au zoo. J'ai hurlé pendant plusieurs jours. Je ne mangeais pas. Les visiteurs me jetaient des cacahuètes et des frites et sur un papier journal graisseux j'ai vu la dernière photo d'Yvan. Il était empaillé dans le hall d'entrée du Musée d'Histoire Naturelle. Je me suis couchée et j'ai attendu la mort. Je me souviens que des enfants me lançaient des pétards à travers les barreaux. Une foule de vétérinaires s'agitait autour de moi, on me faisait des piqûres, un marabout est venu m'appliquer des onguents et il a dit qu'il n'avait jamais vu un cochon dans un tel état. Finalement je crois qu'on m'a laissée pour morte et je me suis retrouvée dans un camion frigo, en direction des abattoirs je suppose. C'est le froid qui m'a réveillée. J'étais toute nue, avec un corps humain de nouveau. C'était peut-être d'avoir touché le fond. Je me suis levée et j'ai tout bêtement tourné la poignée intérieure. La porte s'est ouverte, j'ai attendu un feu rouge et j'ai sauté. J'ai soulevé une plaque d'égout et je me suis réfugiée dedans, il faisait chaud, personne ne risquait de me voir. Il fallait seulement faire attention aux crocodiles. J'ai trouvé un passage vers les catacombes et je suis ressortie sous le Musée d'Histoire Naturelle, je voulais dire un dernier adieu à Yvan. Je n'ai pas envie de parler de ce moment-là. Ensuite j'ai assommé une employée de nuit avec son propre balai et je lui ai volé son boubou. J'ai téléphoné à la télévision en demandant le présentateur d'*Un seul être vous manque,* j'ai expliqué que j'avais des renseignements sur la maîtresse d'Yvan. On m'a donné le numéro personnel du présentateur. Je l'ai appelé et j'ai dit qui j'étais. Il m'a dit de venir immédiatement chez lui et j'y suis allée avec le manche à balai. C'est moi qui ai tué le présentateur d'*Un seul être vous manque.* J'ai fouillé dans ses affaires et j'ai lu l'adresse de ma mère dans un dossier. J'ai ramassé tout l'argent que j'ai trouvé. J'ai pris un train à l'aube.

Par précaution je suis montée dans un wagon à bestiaux. Avec les vaches, je me suis sentie un peu mieux. J'ai bu du lait. Je me suis laissée aller et j'ai beaucoup dormi, quand le train est arrivé à destination j'oscillais entre mes deux états. Quand ma peau s'amincissait j'avais très froid dans mon boubou, quand elle épaississait je ne sentais plus rien. Le boubou a craqué d'un peu partout. J'ai volé du foin aux vaches et j'en ai beaucoup mangé en prévision des jours à venir. Je suis descendue du wagon à la nuit tombée et j'ai rapidement rejoint les faubourgs de la petite ville. J'avais des renvois de foin parce que je ne sais pas ruminer et le foin c'est assez lourd, et j'ai dû m'arrêter souvent parce que j'avais la colique. C'était de ne pas avoir mangé pendant si longtemps, aussi. Je me suis trouvée vraiment peu présentable pour aller voir ma mère, surtout dans mon boubou déglingué. Elle n'aime pas trop les excentricités ma mère. Je suis arrivée aux dernières rues des faubourgs et j'ai vu des arbres nus qui se balançaient lentement dans le vent. Je me suis dit que j'allais attendre un peu avant de sonner chez ma mère. J'avais le trac. Je me suis approchée des arbres. C'était la première fois que je voyais des arbres aussi hauts, et qui sentaient si bon. Ils sentaient l'écorce, la sève sauvage ramassée à ras de tronc, ils sentaient toute la puissance endormie de l'hiver. Entre les grosses racines des arbres la terre était éclatée, meuble, comme si les racines la labouraient de l'intérieur en s'enfonçant profondément dedans. J'y ai fourré mon nez. Ça sentait bon la feuille morte de l'automne passé, ça cédait en toutes petites mottes friables parfumées à la mousse, au gland, au champignon. J'ai fouillé, j'ai creusé, cette odeur c'était comme si la planète entrait tout entière dans mon corps, ça faisait des saisons en moi, des envols d'oies sauvages, des perce-neige, des fruits, du vent du sud. Il y avait toutes les strates de toutes les saisons dans les couches d'humus, ça se précisait, ça remontait vers quelque chose. J'ai trouvé une grosse truffe noire et j'ai d'abord pensé à cette Saint-Sylvestre de l'an 2000 où j'en avais tant mangé parmi ces gens si turbulents, et puis ça s'est effacé, j'ai croqué dans la truffe, du nez le parfum m'est entré dans la gorge et ça a fait comme si je mangeais un morceau de la Terre. Tout l'hiver de la Terre a éclaté dans ma bouche, je ne me suis plus souvenue ni du millénaire à venir ni de tout ce que j'avais vécu, ça s'est roulé en boule en moi et j'ai tout oublié, pendant un moment indéfini j'ai perdu ma mémoire. J'ai mangé, j'ai mangé. Les truffes avaient la saveur des mares quand elles gèlent, le goût des bourgeons recroquevillés qui attendent le retour du printemps, le goût des pousses bandées à craquer dans la terre froide, et la force patiente des futures moissons. Et dans mon ventre il y avait le poids de l'hiver, l'envie de trouver une bauge et de m'assoupir et d'attendre. J'ai creusé des quatre pattes, j'ai fait caca, je me suis roulée, ça a fait un beau trou oblong plein de vers réveillés et de vesces de loup en germe. La terre chauffée s'est mise à fumer autour de moi, je me suis allongée, j'ai posé mon museau sur mes pattes. Les mottes se sont éboulées sur mon dos et je suis restée là très longtemps. Le soleil de l'aube m'a caressé le groin. J'ai humé le passage de la Lune qui tombe de l'autre côté de la Terre, ça a fait du vent dans la nuit et comme une odeur de sable froid. J'ai pensé à Yvan, ça m'a arrachée de ma bauge. La douleur a repris tout mon ventre, je suis revenue à moi. J'ai eu peur de me perdre tout à fait comme j'avais perdu Yvan et j'ai fait un gros effort pour me mettre debout. Ça me faisait mal. C'était très difficile de continuer sans Yvan. C'était plus facile de se laisser aller, de manger, de dormir, ça ne demandait pas d'effort, juste de l'énergie vitale et il y en avait dans mes muscles de truie, dans ma vulve de truie, dans mon cerveau de truie, il y en avait suffisamment pour faire une vie de bauge. Je suis retombée dans le trou. Dans tout mon corps j'ai viré à nouveau avec le tournoiement de la planète, j'ai respiré avec le croisement des vents, mon cœur a battu avec la masse des marées contre les rivages, et mon sang a coulé avec le poids des neiges. La connaissance des arbres, des parfums, des humus, des mousses et des fougères, a fait jouer mes muscles. Dans mes artères j'ai senti battre l'appel des autres animaux, l'affrontement et l'accouplement, le parfum désirable de ma race en rut. L'envie de la vie faisait des vagues sous ma peau, ça me venait de partout, comme des galops de sangliers dans mon cerveau, des éclats de foudre dans mes muscles, ça me venait du fond du vent, du plus ancien des races continuées. Je sentais jusqu'au profond de mes veines la détresse des dinosaures, l'acharnement des cœlacanthes, ça me poussait en avant de les savoir vivants ces gros poissons, je ne sais pas comment expliquer ça aujourd'hui et même je ne sais plus comment je sais tout ça. Ne riez pas. Maintenant tout est redevenu flou dans ma tête, je n'ai pas pu oublier Yvan. A chaque Lune il réapparaît dans le ciel, à chaque Lune pleine comme un ventre je retombe dans la douleur de mon amour pour Yvan, à chaque Lune la truie se redresse sur ses pattes et pleure. C'est pour ça que j'écris, c'est parce que je reste moi avec ma douleur d'Yvan. Même dans la forêt avec les autres cochons, ils me reniflent souvent avec défiance, ils sentent bien que ça continue à penser comme les hommes là-dedans. Je ne suis pas à la hauteur de leurs attentes. Je ne me plie pas assez au travail de la race, et pourtant c'est moi qui les ai débarrassés du principal péril qui les guettait. Quand j'ai réussi à sortir de mon trou grâce au soleil qui était très haut, et qui me tirait pour ainsi dire de l'avant, quand j'ai réussi à oublier les odeurs enivrantes et à retomber comme qui dirait sur mes pieds, je me suis mise en route vers la maison de ma mère. Je ne m'attendais pas à ce que j'y ai trouvé. Ma mère avait monté une petite ferme, il y avait des poules, des vaches et des cochons. Ma mère gagnait beaucoup d'argent maintenant, ça se voyait, elle avait une BMW toute neuve et un recycleur d'eau privé, et le sigle aux normes de la SPA était posé partout, sur l'étable à plusieurs étages, sur l'abattoir sophistiqué, sur le clapier bien propre. Je me suis promenée *incognito*. Quelques cochons furetaient librement dans la boue et venaient me renifler, ça faisait plaisir de voir comme ils avaient l'air bien nourris. Je me suis cachée dans l'étable et j'ai pris une douche sous les jets hygiéniques latéraux de la trayeuse dernier cri. J'avais l'impression d'avoir connu ça toute ma vie, et pourtant je suis née à Garenne-le-Mouillé. Je sentais un peu le désinfectant pour vache, mais avec un bleu de travail que j'ai trouvé pendu dans l'étable, et un gros effort de volonté, j'avais de nouveau figure humaine. Ce qui me poussait, je crois que c'est la seule pensée

151

d'Yvan. Je voulais demander à ma mère si c'était l'argent ou moi qu'elle voulait, je voulais savoir si Yvan était dans le vrai avant de mourir, et qu'on en finisse. Ma mère m'a accueillie à bras ouverts malgré l'odeur du désinfectant pour vache, et elle m'a demandé des nouvelles d'Yvan. Ma mère n'avait pas changé, elle avait juste l'air un peu plus fatiguée qu'avant, mais elle était aussi plus épanouie, plus belle, plus grasse, plus sûre d'elle. Cette ferme, c'était certainement une belle revanche pour elle. J'ai dit qu'Yvan était mort. Ma mère m'a dit que j'avais terriblement changé, qu'elle avait du mal à me reconnaître. Ma mère m'a demandé ce que je comptais faire maintenant qu'Yvan était mort, s'il m'avait laissé quelque chose. J'ai compris qu'il était inutile d'insister. Je me suis levée. Ma mère m'a dit que décidément j'étais toujours restée aussi bête, que j'aurais pu au moins faire ma pelote, que je m'étais bien fait avoir. Elle m'a dit aussi que si j'étais vraiment dans la misère, elle pouvait mettre la fille de ferme dehors et me prendre à la moitié du SMIC nourrie logée, qu'il y avait de la place dans l'étable. Elle m'a proposé un café. Je suis partie sans un mot parce que je ne pouvais plus rien articuler. Me retrouver dans la porcherie m'a fait du bien, j'ai pu me laisser aller. Je me suis couchée, je n'ai même pas réussi à me demander ce que j'allais devenir.

J'avais la tête pleine d'odeurs, c'était doux, agréable, riche. Quelques cochons sont entrés et m'ont flairée, c'étaient de bons gros castrats assez sympathiques, il y avait aussi une grosse truie pleine qui a boudé dans son coin en me voyant. L'odeur franche et épaisse me réchauffait le cœur, je me blottissais pour ainsi dire dedans, je me blottissais dans mon corps massif, rassurant, au milieu des autres corps massifs et rassurants. Cette odeur ça me protégeait de tout, ça me revenait du fin fond de moi, j'étais en quelque sorte rentrée chez moi. J'ai eu un sursaut quand ma mère est arrivée pour distribuer le grain. Ça l'a étonnée ce cochon supplémentaire. Elle m'a donné un coup de pied pour me faire retourner et elle m'a flairée elle aussi, et puis elle a eu un drôle de rictus. Elle a fermé la porte, ça a fait *clic clac*, et ça a mis comme une agitation dans l'air. Je n'ai pas pu dormir à cause de ces ondes angoissantes, ça vibrait et ça déséquilibrait tout. Tous mes congénères remuaient, leur bonne odeur bien franche devenait aigre, pleine d'hormones mauvaises, de stress, de peur. L'odeur se scindait en blocs isolés, chaque odeur autour de chaque cochon, les groins cherchaient les angles des murs, le bas des portes, l'interstice par où fuir, chacun voulait laisser l'autre à sa propre odeur de victime. Tout mon corps s'est mis à trembler, j'ai compris que la horde sacrifierait le plus faible. Je me suis mise à penser très vite, j'essayais de retrouver mon corps d'être humain mais la panique m'empêchait de me concentrer, tout mon corps de cochon entendait et sentait les roues du camion, encore très loin mais très rapide, qui avalait la route pour venir nous prendre. Il fallait pourtant faire comme les singes ou comme les plus raisonneurs des chiens : trouver la solution tout seul. C'est un castrat qui l'a flairée, la solution ; les cochons c'est très raisonneur aussi. Mais il n'arrivait pas à en tirer les conclusions. Il levait le groin vers le haut de la porte et il regardait la poignée. C'est là que je me suis souvenue de l'existence des serrures, des loquets et autres cadenas ; l'histoire du camion frigo m'est revenue à l'esprit : on peut ouvrir les portes qui semblent définitivement fermées. Je me suis approchée de la porte, j'ai bousculé tout le monde, mon corps d'être humain essayait de s'arracher de mon corps de cochon, essayait de se dresser sous mes muscles ; je voyais ma patte avant droite qui frémissait, qui s'affinait, les tendons qui bougeaient de façon panique sous la peau ; mais rien ne sortait, pas même un bout de doigt. J'ai essayé de faire tourner ce fichu verrou avec la patte, avec le groin, mais je n'y arrivais pas, mon corps ne comprenait pas pourquoi il devait s'acharner sur cette pièce d'acier, mon corps se mouvait sans conviction alors que tous mes neurones s'épuisaient à garder cette idée en tête, *le verrou, le verrou*, c'était épuisant de lutter ainsi contre soi-même. Quelque chose m'a aidée. De très loin est arrivé un parfum. Du Yerling pour hommes. Ça s'approchait avec le camion. J'ai réussi à me mettre debout, ce parfum ça me rappelait ma vie d'avant, la parfumerie, le directeur de la chaîne. L'onde d'un très vieux dégoût m'a saisie, enfouie jusque-là profondément en moi. Ce parfum c'était le parfum du directeur de la chaîne le jour de mon entretien d'embauche. J'ai essayé de tourner le verrou. Les autres, de me voir me transformer à moitié comme ça, ils se sont mis à pousser des hurlements, un peu plus et ils en oubliaient les vibrations du camion. J'ai entendu le pas de ma mère qui quittait sa cuisine et se dirigeait vers la porcherie. Ça m'a fait retomber à quatre pattes. Maintenant, du fond du ventre, je n'étais plus qu'un bouillonnement de terreur. Il y avait une odeur d'acier inoxydable qui arrivait avec ma mère, et une détermination tranchante dans l'air, quelque chose d'inexorable, ça s'est mis à sentir affreusement la mort. Les cochons ont couru dans tous les sens entre les quatre murs de la porcherie et je me suis salement fait piétiner. Je n'avais pas encore l'habitude de ces déplacements paniques. Maintenant je sais qu'au moindre orage aussi il faut se concentrer très fort pour rester

155

calme, pour ne pas céder à l'affolement qui monte au ventre, pour retenir un peu cette terreur qui revient dans le ventre des bêtes depuis le premier orage du monde. Avec la mort c'est pareil. La mort tombe autour de moi et il faut rester calme. Je me suis recroquevillée dans un coin derrière les autres cochons paniqués et j'ai vu la porte s'ouvrir. Au même moment le camion est arrivé et s'est garé devant la porte et le directeur de la parfumerie est descendu. Le directeur de la parfumerie avait énormément forci. Dans l'encadrement de la porte je l'ai vu incliner ses épaules de taureau et embrasser ma mère sur la bouche et lui palper le derrière avec une certaine tendresse. Sur le camion il y avait marqué *Welfare Electronics*, mais ça sentait le cadavre à plein groin là-dedans ; le directeur de la parfumerie et ma mère ils faisaient du marché noir, au prix où est la viande maintenant ça devait bien marcher pour eux. Le directeur de la parfumerie était habillé comme un cadre commercial mais ma mère lui a donné un tablier blanc et une corde et tous deux sont entrés dans la porcherie. Ma mère tenait un grand couteau à la main, une bassine en cuivre pour le sang, et du papier journal pour faire brûler la couenne. « *Là, au fond* », elle a dit ma mère. Elle a posé la bassine et le papier journal. Ils se sont approchés de moi. Les autres cochons se sont enfuis dans une bousculade terrible et ça a fait un grand cercle vide autour de moi. Je me suis préparée à vendre chèrement ma peau. Ma mère en plus d'être un assassin était une voleuse, elle allait tuer un cochon qui ne lui appartenait pas. J'ai montré les dents et le directeur de la parfumerie s'est mis à rigoler. Il m'a envoyé la corde dessus. Toute la dernière scène avec Yvan m'est revenue dans le cerveau, ça m'a empli les neurones et le ventre et les muscles, je me suis levée de tout mon corps, de toute ma haine, de toute ma peur, je ne sais pas, de tout mon amour pour Yvan peut-être. Le directeur est devenu vert. Il a sorti un revolver de sa poche en tremblant et je le lui ai arraché des mains. J'ai tiré deux fois, la première fois sur lui, la seconde fois sur ma mère. Le couteau a fait un bruit de ferraille en tombant dans la bassine en cuivre. Ensuite je suis partie dans la forêt. Certains des cochons m'ont suivie, les autres, trop attachés au confort de leur porcherie moderne, ont dû se faire récupérer par la SPA ou par un autre fermier, en tout cas je n'aimerais pas être à leur place aujourd'hui.

Désormais la plupart du temps je suis truie, c'est plus pratique pour la vie de la forêt. Je me suis acoquinée avec un sanglier très beau et très viril. Je reviens souvent à la ferme, le soir. Je regarde la télévision. J'ai téléphoné à la mère du directeur de la parfumerie. J'ai tout observé depuis la forêt le jour où l'équipe d'*Un seul être vous manque* est venue. Ils ont trouvé mes empreintes sur le revolver à côté des cadavres, l'audimat va exploser. Mais ils peuvent toujours me chercher, maintenant. Je ne suis pas mécontente de mon sort. La nourriture est bonne, la clairière confortable, les marcassins m'amusent. Je me laisse souvent aller. Rien n'est meilleur que la terre chaude autour de soi quand on s'éveille le matin, l'odeur de son propre corps mélangée à l'odeur de l'humus, les premières bouchées que l'on prend sans même se lever, glands, châtaignes, tout ce qui a roulé dans la bauge sous les coups de patte des rêves. J'écris dès que la sève retombe un peu en moi. L'envie me vient quand la Lune monte, sous sa lumière froide je relis mon cahier. C'est à la ferme que je l'ai volé. J'essaie de faire comme me l'avait montré Yvan, mais à rebrousse-poil de ses propres méthodes : moi c'est pour retrouver ma cambrure d'humain que je tends mon cou vers la Lune.

Achevé d'imprimer en novembre 1996
dans les ateliers de Normandie Roto Impression s.a.
à Lonrai (Orne)
N° d'éditeur : 1497
N° d'imprimeur : 962406
Dépôt légal : novembre 1996

Imprimé en France